LA POLICE DES FLEURS,
DES ARBRES ET DES FORÊTS

Romain Puértolas est capitaine de police. Son premier roman, *L'extraordinaire voyage du fakir qui était resté coincé dans une armoire Ikea*, est resté coincé plusieurs semaines à la première place des livres les plus vendus en France et a remporté le Grand Prix Jules Verne 2014 et le prix Audiolib 2014. Publié dans une cinquantaine de pays, il a été adapté au cinéma en 2018. Romain Puértolas est l'auteur de six romans, dont un pour la jeunesse. Avec *La Police des fleurs, des arbres et des forêts*, il marque une rupture franche avec le style onirique et humoriste de ses précédents livres pour s'inscrire dans une œuvre plus littéraire.

Paru au Livre de Poche :

L'EXTRAORDINAIRE VOYAGE DU FAKIR
QUI ÉTAIT RESTÉ COINCÉ DANS UNE ARMOIRE IKEA

LA PETITE FILLE QUI AVAIT AVALÉ UN NUAGE GRAND
COMME LA TOUR EIFFEL

RE-VIVE L'EMPEREUR !

TOUT UN ÉTÉ SANS FACEBOOK

ROMAIN PUÉRTOLAS

La Police des fleurs, des arbres et des forêts

ROMAN

ALBIN MICHEL

ISBN : 978-2-253-07769-5 – 1re publication LGF

À Patricia, Léo et Eva,
les plus belles fleurs de ma forêt.

« Le simple préserve l'énigme. »

Heidegger, *Le Chemin de campagne*

« — Tu ignores donc, Fleur de tonnerre, qu'un bruit fortuit répété trois fois prédit un malheur ? Ignores-tu que c'est ainsi que fait l'Ankou ? Avant de charger le corps d'une victime dans sa charrette, il l'appelle trois fois d'une voix sépulcrale. Par exemple, pour moi, il crierait : "Anne ! Anne ! Anne !..."»

Jean Teulé, *Fleur de tonnerre*

1961

LE VILLAGE

— Vous aimez les romans policiers ?
— Je n'en lis pas.
— Mais vous connaissez quand même le principe ?
— Eh bien, je suppose que c'est comme les films policiers. Il y a un meurtre, des suspects et un détective qui cherche le coupable.
— C'est bien ça.
— Pourquoi cette question ?
— Parce que je vais vous raconter une histoire policière pas comme les autres.
— Vous voulez dire sans meurtre, sans suspects et sans policier qui cherche le coupable ?
— Si, il y a bien tout cela.
— Alors, en quoi votre histoire n'est-elle pas comme les autres ?
— Eh bien, la découverte du coupable n'est pas... disons... le plus important.
— Je ne comprends pas.
— Oh, vous saurez qui est l'assassin, ne vous inquiétez pas, c'est juste qu'il y a... une grande surprise à la fin.
— Une surprise ?

— Oui, et vous n'allez pas être déçu, croyez-moi.

— Eh bien, cela tombe à merveille, j'adore les coups de théâtre.

— Dans ce cas, je commence. C'est l'histoire d'un policier donc, l'un des plus brillants de la région. L'un des plus jeunes aussi. C'était le début de sa carrière et il avait été envoyé un matin de l'été 1961 dans le petit village de P., à deux heures de la grande ville, où l'on venait de retrouver, dans l'usine de confiture locale, le corps d'un certain Joël, égorgé et démembré à l'aide d'une scie à métaux. Il avait été découpé avec rage et emballé dans plusieurs sacs avant d'être laissé pour compte dans l'une des cuves à cuisson, comme si on avait voulu qu'il y brûle. Je ne vous raconte pas le choc. Personne ne s'expliquait comment une telle chose avait pu arriver dans un si petit village où tout le monde se connaissait et où tout le monde aimait Joël.

— On ne connaît jamais les gens.

— Vous avez bien raison. Par contre, nous savons parfaitement ce qu'il s'est passé les jours suivants. Le jeune policier a tout enregistré sur des bandes magnétiques, puis tout consigné sur des transcriptions, il y a les lettres de sa correspondance avec la procureur de la République de l'époque aussi, des notes sur des morceaux de journaux, un tas de matériel précieux. Cet homme était obsédé par le détail, la précision. Il est pourtant passé à côté du plus important. Bien, j'en dis trop, remontons dans le temps dans cette France profonde. Tout commence par l'arrivée, le mardi 18 juillet 1961, de cet inspecteur de police dans ce mystérieux village par le train de 11 h 17…

PREMIÈRE PARTIE

LA DÉCOUVERTE D'UN NOUVEAU MONDE

Mardi

Hôtel Au Bon Repos
Chambre 16
193, route départementale de P.
P.

Mardi 18 juillet 1961

Madame la procureur de la République de M.,

Vous serez bien étonnée de recevoir cette lettre au lieu d'un simple coup de fil. Il y a une raison à cela, qui ne tient en rien à mon goût pour les relations épistolaires, je puis vous l'assurer : dimanche dernier, un fort orage a sérieusement endommagé les lignes téléphoniques de la commune dans laquelle vous venez de m'envoyer. Ne vous inquiétez pas, les ouvriers des Postes et Télégraphes (P&T) sont à la tâche et la communication devrait être rétablie en fin de semaine. Mais avouez qu'il y a un certain charme à retrouver le plaisir d'une bonne lecture, d'une conversation entretenue au rythme du courrier et un peu de lenteur dans ce monde au tempo effréné.

Sur vos instructions et dans le cadre de l'enquête de flagrance que vous venez d'ouvrir, je suis donc arrivé aujourd'hui, par le train de 11 h 17, au village de P., où a été perpétré, selon votre formule, cet « horrible meurtre d'une violence inouïe » et où l'on a découvert, toujours selon votre information, « hier, tôt dans la matinée, un cadavre découpé et emballé dans huit grands sacs en papier des Galeries Lafayette » (j'ignore encore, à ce stade, la pertinence d'un tel détail).

Un garde champêtre, d'après ce que j'ai compris *le* garde champêtre chef de P., un chef qui ne commande personne, est venu m'accueillir à la gare. À noter qu'il s'est tout de suite dirigé vers moi sur le quai, comme si nous nous connaissions de longue date, ce qui n'a laissé de m'étonner. Parce que je portais un imperméable, m'a-t-il appris par la suite. Cet habit, pas très commun à la campagne, rendrait ma silhouette identifiable de loin, au moins autant que si je portais un képi bleu, une pucelle siglée *Police* sur la poitrine et une matraque à la ceinture. C'est un peu mal parti en ce qui concerne la discrétion que vous m'avez imposée. Inutile de vous préciser qu'à l'heure où j'écris ces lignes, je me suis débarrassé du pardessus délateur. Il ne quittera plus ma chambre pendant toute la durée de mon séjour. La chaleur étant étouffante dans cette partie de la région (P. se trouve dans une cuvette entre deux montagnes escarpées), je ne devrais avoir aucun problème à m'en tenir à cette décision. Je garderai cependant ma veste de costume en toutes circonstances, ne serait-ce que pour dissimuler mon pistolet automatique et préserver un semblant d'élégance dans ce nouveau décor qui en est particulièrement dénué.

Je ne sais pas si mon âge (j'aurai vingt-cinq ans dans quatre mois) a surpris le chef Provincio qui, lui, frise la quarantaine. Je ne sais pas non plus s'il voit d'un mauvais œil de se faire commander pendant quelques jours par un homme plus jeune, mais il a aussitôt adopté envers ma personne une forme de respect, ma foi fort agréable, dont j'ai peu souvent été témoin dans la grande ville.

En chemin, dans une vieille Renault 4CV verte (de 1947, une des premières !), sale et dont les amortisseurs grincent comme un sommier mal huilé, j'ai reçu de sa part un compte rendu de la situation que je me propose de vous exposer dans les moindres détails, dialogues et commentaires personnels à l'appui, dans l'Annexe 1 de cette lettre. J'ai dernièrement fait l'acquisition d'un magnétophone à bande magnétique portable dont je ne peux plus me passer. Activé en permanence dans ma serviette en cuir (j'ai voyagé avec une quantité de piles et de bandes que mon sens du ridicule m'empêche de vous révéler), il me permettra d'enregistrer toutes les conversations d'intérêt avec une précision dont aucune mémoire humaine, pas même celle du meilleur officier de police qui soit, ne pourrait se vanter. Les enregistrements audio seront toujours plus fiables. Ils conservent les inflexions de la voix, on peut y entendre les choses telles qu'elles se sont déroulées, les réécouter à outrance sans que jamais le souvenir ne soit altéré. Et pour plus de fidélité encore dans cette recherche de la vérité, je suis ce que l'on pourrait nommer un graphomane. J'écris continuellement, partout. Sur des emballages de chewing-gums, sur le menu cartonné des restaurants, en marge de mes livres. Un jour, manquant de papier, j'ai même écrit sur un pan de ma chemise blanche. Je vous laisse seule juge de ma folie.

Me voilà donc prêt à vous rapporter, madame, avec la plus grande précision (enregistrements sonores et documents écrits divers à l'appui), les sinistres événements qui ont secoué le jusqu'ici paisible village de P. en ce milieu d'été.

(à suivre)

Annexe 1 de la lettre 1
Transcription commentée de la bande 1

Audition du garde champêtre

— Bénie soit madame la procureur de la République (vous voilà presque sanctifiée !) pour avoir envoyé aussi vite un inspecteur de police de la grande ville ! s'exclame le garde champêtre chef Jean-Charles Provincio, les mains crispées sur le volant. On n'a pas l'habitude de ce genre d'horreurs. Ici, c'est plutôt la police des fleurs, des arbres et des forêts, si vous voyez ce que je veux dire. Les braconniers, les querelles entre paysans pour un centimètre de terre, les incendies provoqués par des pique-niqueurs insouciants. C'est bien la première fois de ma carrière que je vois une atrocité pareille. D'ailleurs, en y pensant bien, y a jamais eu de crime à P., que des morts naturelles, quelques suicides à la rigueur. Pour notre premier meurtre, on n'a pas fait dans la demi-mesure. J'imagine que ça doit être votre pain quotidien, inspecteur.

Il a quelque chose du gendarme de Guignol, brun, grande moustache, des manières que je qualifierais de bourrues, que son accent du terroir n'arrange guère. Il porte des chaussures de montagne, un pantalon kaki et une vareuse de même couleur avec des épaulettes vertes surmontées d'un épi de blé et d'une fleur cousus en fil d'argent. Il a une plaque dorée au bras droit, tenue par une bande élastique, sur laquelle est écrit « LA LOI ». Un revolver pend à sa ceinture dans un vieil étui en cuir qui semble revenir de la guerre.

— On ne dit plus *inspecteur* mais *officier de police* depuis 1954, mais je préfère moi aussi le terme *inspecteur*, que je vous autorise donc à utiliser à mon égard. Quant à mon pain quotidien, vous avez raison, chef, d'une certaine façon, reconnaissons-le, à M., on en voit de toutes les couleurs.

— J'me demande quel est l'animal qui a fait ça, dit-il en secouant la tête d'un air triste, sans que son regard quitte une seule fois la route.

— Sans vouloir être tatillon, un animal ne découpe pas ses pairs en morceaux avant de les emballer dans des sacs en papier…

— Façon de parler, inspecteur.

— J'avais compris. Mais pour rendre cette conversation un brin plus intéressante, disons que je suis toujours un peu révolté lorsque j'entends quelqu'un s'exclamer « Hitler était inhumain ! », alors que ce qu'il a fait, sans l'approuver cela va sans dire, est, au contraire, très humain. Incontestablement humain même ! Vous connaissez beaucoup d'animaux, vous, qui construiraient des camps de concentration pour y exterminer d'autres animaux à cause de leur couleur de peau ou leur religion ?

— Maintenant que vous le dites, inspecteur… Mais ça me fait bien bizarre de penser qu'Hitler était un type très hum…

Je lève la main pour arrêter mon interlocuteur et signer là la fin de ce sujet ô combien didactique, car mon attention vient d'être attirée par deux ouvriers en débardeur, agenouillés, spatule dans une main, brique dans l'autre et cigarette au coin des lèvres, qui s'affairent au milieu de la place du village sur laquelle nous venons d'entrer, alors qu'une bétonnière tourne paisiblement à leurs côtés.

— Que construisent-ils ?

— Monsieur l'maire veut ériger un monument à la mémoire de Joël. Pour qu'on l'oublie pas. Il était très aimé ici. À ce propos, il s'excuse de pas pouvoir vous recevoir aujourd'hui. Il est pris à l'usine. Il vous recevra demain à 15 heures. En attendant, il m'a demandé de bien m'occuper de vous.

— Un monument ! Alors que la victime n'est pas encore enterrée ! Dites donc, vous allez sacrément vite, à P. ! Et moi qui pensais que l'on prenait son temps à la campagne.

— Au contraire, on a rien d'autre à faire, inspecteur. Et puis, Joël a été enterré.

— Comment ça ?

— Ce matin, à 9 h 30.

Je tombe des nues.

— Vous l'avez enterré ce matin, alors que vous saviez qu'un officier de police de M. était dépêché sur les lieux pour enquêter et arrivait par le train de 11 h 17 ? Est-ce une blague ?

— Instructions de monsieur l'maire.

— Et « monsieur l'maire » n'a pas pensé que je voudrais peut-être jeter un coup d'œil au corps, enfin *aux* corps, puisqu'il est maintenant en huit morceaux ? Et l'autopsie, alors ?

Le garde champêtre hausse les épaules, ce qui fait sautiller l'épi et la fleur en fil d'argent.

— Le docteur Bonnin a vu le cadavre, si ça peut vous rassurer.

— Oh, alors si le docteur Bonnin a vu le cadavre !

— Je comprends votre déception, inspecteur. Mais monsieur l'maire était catastrophé, il voulait en finir au plus vite avec cette horreur, pour que Joël repose en paix. Ça arrive peut-être tous les jours à la ville, ces choses-là, mais pour P., c'est une tragédie ! Une véritable tragédie.

— Eh bien, raison de plus pour faire les choses correctement ! La décision d'autopsie est de la compétence exclusive d'un juge d'instruction ou d'un procureur, pas d'un maire, et à ce que je sais, madame la procureur ne l'a pas ordonnée.

— Bienvenue à la campagne, inspecteur !

— C'est tout ce que vous avez à me dire ? « Bienvenue à la campagne » ?

Il hausse les épaules à nouveau. La police des fleurs, des arbres et des forêts… je commence à comprendre.

— Vous êtes jeune, vous verrez dans votre longue carrière que les choses ne sont pas aussi faciles qu'à l'école de police ou que ce qu'il y a dans les livres ou le code de procédure pénale.

— Je ferai comme si je n'avais pas entendu cela, mais puisque nous en sommes à parler d'expérience de vie, votre docteur Bonnin a-t-il déjà réalisé une autopsie criminelle au moins ? Je veux dire, avant celle-ci ?

— C'est le vétérinaire.

— De mieux en mieux ! je lance dans un éclat de rire.

De rire jaune.

— C'est lui qui a fait naître tout le monde au village, hommes et bêtes. Enfin, depuis vingt ans. Avant, c'était son père, Merlin qu'on l'appelait, parce que…

— S'il vous plaît, je préfère ne pas en savoir davantage.

— Comme vous voudrez, inspecteur.

— Sachez simplement que si j'estime que les résultats de l'autopsie ne me satisfont pas, je demanderai à faire exhumer le corps sur-le-champ.

— Ça, je vous le conseille pas.

— Pourquoi ?

— Parce que ça se fait pas de déranger les morts…

Pour la première fois, il détourne les yeux de la route, ralentit et me fixe. Ce n'est pas un regard menaçant, juste curieux. Comme s'il se demandait qui est cet homme, ce mauvais chrétien, qui ose évoquer la possibilité de pouvoir « déranger un mort », chose ô combien paradoxale puisqu'un mort ne peut justement plus être dérangé par personne. Puis il pose à nouveau son regard sur la route, se faufile dans les rues étroites du village et gare la 4CV dans une cour.

— De toute façon, ça leur prendra bien une semaine pour construire le monument, dit-il pour revenir à un sujet moins polémique. La statue sera en pierre taillée. J'espère que vous serez toujours là pour la voir.

— Vous me sous-estimez, chef… Il y a longtemps que j'en aurai terminé avec votre tueur et que je serai rentré à M. Mais merci pour la proposition. Vous m'enverrez une photographie.

Nous descendons de voiture et entrons dans le bâtiment principal.

— Avant, y avait une brigade entière qui travaillait et vivait dans ces locaux, la Brigade verte qu'on disait, mais depuis trois ans, je sais pas si vous êtes au courant, les gardes champêtres sont plus obligatoires dans les communes rurales, alors…

— À vrai dire, je ne suis pas très au fait de ce qui se passe en banlieue.

— C'est la gendarmerie et la police municipale qui ont pris le relais. Je serai bientôt un dinosaure. Regardez, ça a déjà des airs de caserne fantôme. Autant vous dire que je passe pas beaucoup de temps ici. Ça me fait froid dans le dos.

— Vous avez peur des fantômes, chef ? Il y a plus à redouter des vivants, croyez-moi…

Passé ces banalités – pour une première conversation entre deux inconnus, un peu de philosophie, Hitler, un coup de sang avec l'enterrement prématuré, une autopsie illégale, des fantômes, c'est tout de même d'un autre niveau que la météo, vous ne trouvez pas, madame la procureur ? Il fait une chaleur étouffante, il n'y a rien d'autre à ajouter –, nous nous asseyons à son bureau et entrons dans le vif du sujet.

À ce moment-là, comme chaque fois que je débute une enquête, et comme s'il s'agissait d'un mantra, je ne peux éviter d'avoir une pensée pour Albert de

Morcerf dans *Le Comte de Monte-Cristo* : « À l'instant même, sans retard, commençons nos investigations. »

— Bien. Que pouvez-vous me dire sur la victime ? je demande en sortant mon calepin.

Je remarque qu'il ne me reste plus que deux pages vierges. La dernière affaire sur laquelle j'ai travaillé, un règlement de comptes entre Greco et Marini (vous devez vous en souvenir, ce n'est pas tous les jours que l'on assassine un type à coups de fourchette), en plus d'en avoir fini avec mon énergie, en a aussi terminé, selon toute vraisemblance, avec mon carnet. Il me faudra en changer. Obnubilé par les bandes pour le magnétophone et les piles (il se nourrit de douze de type D, LR20, les grosses cylindriques !), il semble que j'aie omis le matériel le plus basique.

— Vous avez dit qu'il s'appelait Joël, n'est-ce pas ?

— C'est bien ça.

Le garde champêtre ôte son képi et éponge son front avec un mouchoir en dentelle blanc dans le coin duquel je peux discerner la lettre *W* brodée. Il pose sa coiffe sur le bureau puis s'évente avec une feuille de papier dactylographiée, sans doute un procès-verbal sur un vilain braconnier de champignons, qu'il a pliée en deux.

— Joël comment ? je demande, tout en écrivant *Qui est W ?* dans la marge de la page.

— Joël. Juste Joël.

Je lève les yeux de mon carnet.

— Pas de nom de famille ?

— Un nom de famille ? On voit vraiment que vous venez d'la ville, inspecteur ! s'exclame-t-il en riant.

Dans sa bouche, la formule sonne comme une sympathique moquerie. Mais je ne m'en offusque pas. D'un point de vue technique, il a raison, je viens de la ville (j'en suis même on ne peut plus fier). Cela doit être qu'à la campagne l'usage des patronymes n'est pas aussi commun que chez nous. Je crois me rappeler un film dans lequel les personnages répondaient tous à des noms du genre la Marie, le René, le bon Georges… Cela m'a toujours paru un peu simplet. Pourquoi pas le Joël, donc ? Si cela peut leur faire plaisir. Maintenant que j'y pense, à la ville, c'est un peu le phénomène contraire, nous avons l'habitude d'appeler les gangsters par leur nom de famille, *cf.* Greco et Marini cités un peu plus haut, ceux de la fourchette.

— À propos, vous me passerez une photographie de Joël à l'occasion. Étant donné que je n'ai pas eu le plaisir de le rencontrer, ne serait-ce qu'à l'autopsie…

— J'en ai pas mais ça devrait pas être très compliqué d'en trouver une dans le village. Comme je vous l'ai dit, Joël était très aimé…

Tellement qu'on l'a découpé en morceaux et emballé dans huit sacs en papier…

— Bien, en attendant, en deux, trois mots, il ressemble… il *ressemblait* à quoi, Joël, au juste ? Que je me fasse une idée. Grand ?

— Pas trop, non, plutôt court sur pattes. Brun, ajoute-t-il en haussant les épaules, comme si c'était vraiment difficile de le décrire, ou ennuyeux.

Je sors un crayon 2B de la poche intérieure de ma veste et commence à esquisser, à grands coups à peine appuyés, les traits d'un corps d'homme, petit, puis d'un visage ni trop gros ni trop maigre, que je coiffe d'une chevelure foncée.

— Complexion ?

— Mince.

— Signe particulier ? Cicatrice, moustache ?

— Les grandes oreilles, ça compte ?

— Bien sûr que ça compte, chef, dis-je en souriant. De grandes oreilles, donc.

J'ajoute de larges oreilles légèrement décollées à mon croquis.

— Âge ?

— Il était du 18 mai 1945, c'est facile à retenir, c'est le jour où on a appris la fin de la guerre à P. Ça nous fait donc, voyons voir... seize ans tout rond.

La réponse a sur moi l'effet d'un coup de massue. Je délaisse mon dessin, fixe le garde champêtre, qui, indifférent, continue de s'éventer avec sa feuille de papier, les pieds sur son bureau, dans la pose du parfait colon qui vit depuis des lustres sous les tropiques.

— Seize ans ? Mais c'était un gamin !

Et voilà comment, en une seconde, on se retrouve avec un homicide sur mineur sur les bras.

— Un gamin ? Non, il était petit, plus petit que la moyenne peut-être, mais à seize ans, c'est plus des gamins !

Sur le moment, je suis soufflé par la réaction du chef Provincio. Après coup, elle ne m'étonne malheureusement pas. Je connais un peu la mentalité de la campagne, où les enfants commencent à fumer à dix ans, où on leur apprend à conduire à douze, où on les envoie travailler en toute impunité pendant les vendanges, la récolte des pêches ou des poires. Je suis un produit cent pour cent de la ville, mais mon oncle, qui avait une exploitation (le mot veut tout dire) dans le sud de la France, ne se gênait pas, durant les grandes vacances, pour m'envoyer, en dépit de ma jeunesse, cueillir ses tomates pour pas un sou, avec les mêmes horaires que ses ouvriers adultes et salariés. Sans vouloir vous ennuyer avec mes affaires de famille, madame la procureur.

— C'est peut-être par là que nous aurions dû commencer, chef !

— Vous me demandez que maintenant. Et puis, quelle importance ?

— Quelle importance ? Mais, bon Dieu, cela change tout ! Où sont ses parents ? Il faut que je les voie. Tout de suite !

— Ils doivent être enterrés quelque part, reprend-il, embarrassé.

La déception doit se lire sur mon visage car l'homme arrête de s'éventer et prend un air affecté.

— Pas de corps, dis-je, pas de photographie, pas de parents, si vous voulez que je fasse mon travail, il faudra être un tantinet plus coopératif.

Mais qu'attendre d'un policier rural qui n'a jamais enquêté de sa vie et qui passe ses journées à faire des herbiers et à dresser des procès-verbaux à de méchants pêcheurs de truites ?

— Il vivait chez le Félicien.

— Voilà, c'est mieux, dis-je en notant le prénom dans mon calepin. Et où puis-je trouver ce Félicien ?

Le garde champêtre jette un coup d'œil à sa montre et semble soudain repris d'un sursaut de vie. Dans un même mouvement, il lâche son éventail improvisé, saute de sa chaise et prend son képi au vol.

— Il vit à quelques kilomètres après la sortie du village, sur la départementale en direction de Q. Je vous y conduirai après manger si vous voulez. On est mardi et c'est tête de veau ! Jacques la cuisine comme vous l'avez jamais mangée !

Je le crois sur parole, je n'en ai jamais mangé.

Hôtel Au Bon Repos
Chambre 16
193, route départementale de P.
P.

Mardi 18 juillet 1961 (suite)

Madame la procureur de la République de M.,

Tout comme il y a *un* garde champêtre, il y a *un* restaurant.

À P., tout existe à l'unité. *Le* boucher, *le* facteur, *le* médecin. Cela me rappelle les comptines de mon enfance, récits allégoriques d'antan, où un personnage, la boulangère locale, par exemple, représentait par extension toutes les boulangères du monde. En ce sens, P. est un village universel, avec des airs de bourgade pilote que l'on pourrait faire visiter à des habitants d'autres planètes (ne riez pas, un certain Youri Gagarine ne vient-il pas d'effectuer le premier voyage dans l'espace ?), afin de leur donner un petit aperçu de ce que peuvent être l'humanité et la vie sur

Terre. Il y transparaît une bonhomie, une tranquillité infinies. On y croirait presque. Et pourtant, c'est bien ici que s'est produit cet horrible meurtre.

En sortant *du* restaurant, donc (je vous épargne les détails sur le menu du jour chez Jacques : salade mixte en entrée, tête de veau et légumes, fromage, le tout arrosé d'un verre de vin rouge du coin, excellent, mousse au chocolat en dessert et enfin café, pour la modique somme de deux francs soixante-trois !), remettant à plus tard notre visite chez le tuteur de Joël, le fameux Félicien, j'ai demandé au chef Jean-Charles Provincio, devenu mon chauffeur personnel attitré (peut-être devrais-je lui rembourser l'essence et le kilométrage), de me conduire au cabinet du docteur Luc Bonnin, afin d'obtenir les conclusions de l'autopsie, demande à laquelle le garde champêtre a répondu : « Cela nous permettra de faire la digestion ! »

Bien m'en a pris car j'ai pu y faire des découvertes surprenantes et capitales pour la suite de cette enquête. Vous trouverez la déposition du médecin dans l'Annexe 2 de la présente.

PS : Si vous passez un jour par P., je vous recommande la mousse au chocolat, qui était particulièrement délicieuse. La tête de veau, si vous ne connaissez pas, évitez, je n'ai mangé que les joues et les légumes…

(à suivre)

Annexe 2 de la lettre 1
Transcription commentée de la bande 1

Audition du médecin légiste

En chemin, nous nous arrêtons au tabac de P. afin que je puisse acheter un paquet de feuilles volantes (pour ces lettres et transcriptions) et un bloc-notes. Face au prix particulièrement dérisoire (1 franc tout rond), j'achète tout le stock, soit neuf unités. Sans vouloir m'attarder sur la chose, il n'y avait pas trop de choix. Au risque de paraître un peu scolaire, je suis habitué à écrire sur des lignes. Or ceux-ci sont à feuillets blancs, du genre de ceux dont les artistes se servent pour réaliser des croquis. Du coup, cela me donne une irrésistible envie de dessiner. N'importe quoi. Alors, j'ébauche, comme ça, d'imagination, pendant que j'attends que le médecin légiste veuille bien mettre la main dessus, les huit sacs en papier marron siglés Galeries Lafayette (des sacs de grande taille, selon les propos du médecin, « du genre de ceux pour mettre des manteaux ») dans lesquels a été retrouvé le corps de Joël, et répartis de la sorte : deux pour les avant-bras, deux pour les jambes, deux pour le corps, un pour la tête et un pour le reste.

— Où ai-je bien pu les mettre ? Je les ai rangés hier !

Le docteur (la quarantaine, blond, mince et élancé, une blouse blanche ouverte sur des vêtements de ville) fouille les tiroirs, la commode, les placards, bref tout ce qui peut s'ouvrir et contenir quelque chose dans son exigu cabinet.

— Je ne les ai quand même pas utilisés pour les courses !

Pourquoi pas ? je pense. Il a déjà pratiqué une autopsie illégale. Nous ne sommes plus à quelques détails près.

Il se tourne vers nous avec un grand sourire.

— Les voilà !

Il les produit enfin, comme un magicien sortant un lapin de son chapeau, et les pose sur l'égouttoir d'un bac à laver.

J'enfile les gants en caoutchouc (saviez-vous que ces gants ont été inventés par amour ? En 1890, le docteur William Halsted demanda à fabriquer des gants à la compagnie de pneumatiques Goodyear afin de les offrir à sa fiancée, l'infirmière Caroline Hampton, qui souffrait d'eczéma dû à l'usage de chlorure de mercure pendant les asepsies), j'enfile les gants, donc, et examine les sacs, un par un. Je remarque qu'ils sont tous maculés d'un sang noirâtre qui, en certains endroits, a percé le papier. L'un d'eux contient encore quelques cheveux foncés d'une bonne trentaine de centimètres.

— Une sacrée crinière, hein ? s'exclame le médecin, les yeux souriants derrière ses lunettes dorées.

Joël avait les cheveux longs, à la « sauvageon ». Il faudra que j'ajoute ce petit détail sur mon portrait-robot.

— J'imagine que vous n'avez pas cherché des empreintes digitales sur les sacs. Ce qui serait tout à fait normal, ce n'est pas à vous de faire cela.

— Je vais vous surprendre, inspecteur. Si. Et aucune. Le meurtrier a utilisé des gants. Sans doute des gants de jardinage, j'ai trouvé des résidus de terre et de fleurs. Des fleurs assez insolites, dont les pétales, rouges, se terminent tous par une pointe jaune. Je vais vous montrer, j'ai pu en reconstituer une. (Il jette des coups d'œil perdus autour de lui.) Mais je ne sais plus où je l'ai mise…

— Et que nous dit la « police des fleurs, des arbres et des forêts » à ce sujet ? dis-je en me tournant vers le garde champêtre occupé à jouer avec une pince à césarienne.

— Que des fleurs, eh ben, y en a partout ici !

— Des fleurs rouges avec la pointe jaune ?

— De toutes les couleurs, inspecteur !

— Merci pour votre inestimable expertise, chef ! je réponds non sans une certaine ironie.

— Hé, je suis pas le seul à pas connaître ! se défend-il tout en reposant la pince. Quand je suis passé la voir, la fleuriste avait aucune idée non plus.

— La fleuriste ?

— Elle tient une boutique à P. Je pensais que ce serait une bonne idée de la consulter.

— Quand avez-vous parlé avec elle ?

— Hier après-midi, après l'autopsie.

— J'aurais aimé que l'on garde cette information pour nous pour l'instant, mais bon, pourquoi ne suis-je pas étonné ? Où le corps de Joël a-t-il été découvert ?

— Dans une cuve de cuisson de l'usine de production et de mise en pots des confitures Boniteau. On ira y faire une petite visite quand vous voudrez. Vous verrez, c'est incroyable.

— Une usine de confiture ? Je ne savais pas que cela existait. Qu'a-t-on fait de nos grands-mères ?

— Malgré ce qu'on pourrait penser, P. est en avance sur son temps !

— Je vois ça. En tout cas, une cuve de cuisson semble un endroit rêvé pour faire disparaître un corps. (Puis revenant aux restes de terre retrouvés :) Ce doit être un endroit somme toute assez aseptisé, j'imagine.

— Presque plus qu'un hôpital, dit le médecin avec un sourire. C'est dans ce chaudron que l'on cuit les fruits avec le sucre. On m'a bien assuré que les fruits qui y étaient versés étaient déjà propres. Le nettoyage se fait bien en amont. Il est donc impossible que de telles impuretés soient arrivées jusque-là.

— Vous voyez, chef, de la terre et des fleurs, il n'y en a pas partout, comme vous venez de le dire. Dans l'usine où a été retrouvé Joël, il n'y en a pas. Que peut-on en déduire ? Que ces résidus proviennent de l'endroit où Joël a été tué et démembré. Avant qu'on ne le transporte.

— Si avec ça vous pensez trouver la demeure de l'assassin ! s'exclame le policier rural. On est en pleine campagne ! Et la campagne, c'est plein de fleurs jaune et rouge et de terre ! Ça pourrait être n'importe où.

— Oui, mais ce n'est pas n'importe où. Et c'est justement ce petit mystère qui rend l'enquête un peu plus passionnante. Pour en revenir au corps, pourrais-je voir les photos ?

— Je vois que vous êtes habitué au luxe de la ville et à un prestigieux service, inspecteur. Regardez dans quoi je travaille, vous pensez que nous avons les moyens de nous offrir un appareil de photo à P. ? (Je vous aide, madame la procureur, la réponse est NON.) Tout est consigné par écrit dans mon rapport, de manière très détaillée. Croyez-moi, c'est encore mieux qu'une simple photographie.

Il reprend son numéro, celui d'ouvrir tous les tiroirs.

— Bon sang, où l'ai-je mis ?

Mais il le trouve assez rapidement et me tend une chemise cartonnée d'un bon demi-centimètre d'épaisseur.

— Je préfère toujours une bonne synthèse, docteur, dis-je en la voyant.

— Alors voilà, commence-t-il de mémoire, l'heure du décès remonte à dimanche dernier aux environs de 23 h 30. La mort a été causée par égorgement, section de la jugulaire, de la carotide, hémorragie externe brutale et tout le tralala. Sans doute à coups de scie à métaux (il y avait de la limaille de fer dans les plaies). Un outil d'assez bonne taille, je dirais. Une véritable boucherie, si vous voulez mon avis. À ce moment-là, la victime était endormie. J'ai retrouvé dans son estomac des traces de Torrox, un puissant somnifère pour animaux. Ça vous endort un cheval en une heure.

— Et Joël, en combien de temps, vous croyez ?

— Il était assez petit. Trente minutes, peut-être.

— L'heure du décès étant 23 h 30, on peut estimer que Joël a été drogué vers…

— 23 heures maximum. Il a pu être drogué avant. Le somnifère agit pendant quatre bonnes heures. Ce qui nous donne 19 heures minimum.

— Et donc, une fois endormi, le meurtrier l'a égorgé avec une scie, c'est bien ça ?

— Oui.

— Une question de néophyte : la douleur n'aurait-elle pas pu être si vive que, même drogué, elle l'aurait réveillé ?

— Tout dépend de la dose, mais c'est probable, oui. C'est un somnifère, pas un anesthésiant clinique comme on pourrait en utiliser dans le cadre d'une intervention chirurgicale.

— Si la victime s'était réveillée, elle aurait crié, n'est-ce pas ? De douleur, je veux dire ?

— Assurément. À moins qu'en lui tranchant la gorge on ne lui ait également sectionné les cordes vocales. Ce qui était le cas…, laisse flotter le médecin.

— Très intéressant.

— Pourquoi ? demande le garde champêtre, intrigué.

— Eh bien, cela signifie que Joël a été assassiné dans le village ou tout près. En pleine montagne, je veux dire dans un endroit isolé, le meurtrier n'aurait pas pris cette peine.

— Je comprends maintenant pourquoi on a fait venir un inspecteur de la grande ville, avoue le légiste en regardant Provincio par-dessus ses lunettes. Tu serais arrivé à cette conclusion, Jean-Charles ?

L'homme hausse les épaules d'un air gêné.

— Vous voyez, cela ne fait pas dix minutes que nous sommes là, dis-je, et nous savons déjà que Joël a été tué dans un endroit se trouvant dans le village, ou tout près, où il y a de la terre et des fleurs... des fleurs aux pétales rouge et jaune.

— C'est un plaisir de vous entendre penser à voix haute, inspecteur.

— Où peut-on se procurer ce somnifère et qui ? je demande en repensant au Torrox.

— À la coopérative, répond le docteur Bonnin. J'en ai moi-même. Et tous ceux possédant des bêtes à P. et ses alentours.

— Cela ne nous avance donc pas.

Le docteur Bonnin agite la tête, l'air désolé.

— Quelle est la méthode d'administration ?

— Voie orale. On mélange une ou plusieurs doses avec du foin ou de l'eau et l'affaire est dans le sac. Si vous me permettez le jeu de mots...

— Un jeu d'enfant, dis-je. À propos de sac, je vais être dans l'obligation de vous les prendre pour les mettre sous scellés.

— Ça m'encombre les tiroirs, de toute manière.

Je les plie et les mets dans deux grands sachets à scellé judiciaire sur lesquels j'inscris « Pièce à conviction n° 1 » et « Pièce à conviction n° 2 ».

— Bon, eh bien, si vous n'avez plus besoin de moi, reprend-il, il faut maintenant que je m'occupe des vivants...

Il ouvre la porte, nous pousse gentiment dehors et fait entrer une dame avec une perruche.

Hôtel Au Bon Repos
Chambre 16
193, route départementale de P.
P.

Mardi 18 juillet 1961 (suite et fin)

Madame la procureur de la République de M.,

Les vivants ? me direz-vous. Une dame avec une perruche ?

En effet, à P., le vétérinaire fait œuvre également de médecin généraliste et, nous venons de le voir, de médecin légiste. À moins que ce ne soit le médecin légiste qui fasse office de médecin généraliste et de vétérinaire. Ou le médecin généraliste qui… enfin, vous avez compris.

« Pourvu qu'il ne confonde pas ses patients », ai-je dit au chef Provincio sur le ton de la plaisanterie, alors que nous montions dans la voiture. Par la suite, nous nous sommes transportés sans délai au domicile de Félicien Nazarian, qui devait répondre à mes questions en qualité de tuteur légal de la victime. Ce fut là la première surprise. La deuxième est survenue alors que nous sortions quelque temps plus tard de sa propriété. Je n'inclus pas dans ces surprises la découverte d'une mystérieuse inscription sur un arbre. À ce titre, madame, je vous joins les Annexes 3 et 4 pour agrémenter votre après-midi.

Très respectueusement,

L'officier de police

Annexe 3 de la lettre 1
Transcription commentée des bandes 1 et 2

Audition du « tuteur légal »

De loin, les champs que nous longeons forment une mosaïque de carrés jaunes et verts. Au milieu, la route sinueuse que nous suivons depuis quelques kilomètres se transforme soudain en une longue ligne grise qui disparaît entre deux montagnes à l'horizon. La géométrie des lieux me fascine. Plus douce, émoussée, plus harmonieuse qu'à la ville.

— Alors ? me demande le garde champêtre sans détourner les yeux de la départementale.

— Alors quoi ?

— Vous allez faire exhumer le corps ?

— Je dois vous avouer que j'ai été on ne peut plus impressionné par le travail du docteur Bonnin. Son autopsie a ouvert des pistes intéressantes. Nous pouvons commencer par là, nous verrons par la suite.

Le policier rural dodeline de la tête puis il ralentit aussitôt et tourne à droite, dans un chemin de traverse, sans prendre la peine de mettre son clignotant. La 4CV commence à cahoter sur les cailloux.

— On est arrivés.

Il se gare bientôt derrière un gros tracteur rouge couvert de poussière, devant une grande et belle bâtisse blanche. Tous les volets sont fermés et, si je ne savais pas que quelqu'un nous y attend, je jurerais que la maison a été désertée pour quelques jours. Cette technique du « barricadement » est en réalité une pratique locale de survie face à la chaleur. L'endroit est coquet, maximale expression du luxe à la campagne (il y a un grand bassin d'eau que l'on pourrait presque prendre pour une piscine ! Une de ces piscines privées que l'on commence à voir pousser en France dans les villas de millionnaires), même s'il est à déplorer la présence d'une petite étable (sale et vide) et d'un enclos grillagé à basse-cour juste à côté (sale, plein et bruyant) qui gâchent un peu l'ensemble, à mon goût. C'est donc dans ce cadre-là que vivait Joël.

— Félicien comment ?

— Nazarian, me répond le vieil homme en posant sur la table du salon un verre à moutarde Amora rempli à ras bord de Ricard. Avec un *z*.

Il est tellement épais qu'à part les glaçons je me demande s'il y a mis une seule goutte d'eau.

— Vous êtes sûrs que vous ne voulez rien ?

— Non, merci, répondons-nous en chœur.

— Je n'ai pas eu la force de me changer depuis ce matin, s'excuse-t-il.

Ses épaules, devenues frêles, flottent dans un costume noir deux fois trop grand. Il porte une cravate de la même couleur, il est rasé de près et sent le parfum. Les funérailles de Joël sont sans doute à l'origine de cet accoutrement si peu approprié aux lieux et à la météo. Je note qu'il a les yeux rouges, signe qu'il a pleuré.

— Ne vous inquiétez pas. De toute façon, nous n'en aurons pas pour longtemps. J'imagine que vous ne souhaitez qu'une seule chose, que l'on vous laisse tranquille. Je commencerai par vous demander votre âge et votre occupation, dis-je en ouvrant mon nouveau calepin. Simple formalité.

J'inscris Félicien Nazarian, avec un *z*, en majuscules en haut d'une page blanche et souligne le nom. Deux fois.

— Soixante-douze ans. Propriétaire terrien, exploitant agricole. C'est moi qui fournis l'usine de confiture Boniteau en figues, pommes, oranges et groseilles. J'emploie vingt-trois personnes.

Je note aussitôt la connexion avec l'endroit où l'on a découvert le corps. Mais il peut s'agir d'une coïncidence. Double connexion si l'on prend en compte qu'il est le tuteur de la victime.

— Vous n'êtes pas à la retraite ?

— À la campagne, on ne prend jamais sa retraite, inspecteur.

— Bien, vous étiez donc le tuteur de Joël.

— Le tueur ? me demande-t-il, stupéfait.

— Le tuteur, avec un *t*, dis-je en articulant. La personne qui s'occupait de lui depuis la mort de ses parents. Légalement, j'entends.

— Euh… Ben, oui. Joël vivait ici.

— Vous avez les papiers de tutelle ou d'adoption ?

— Les papiers de quoi ?

Le vieux se tourne, sourcils levés, vers le garde champêtre.

— Ici, c'est la campagne, me dit Jean-Charles Provincio, prenant le relais. Les choses sont un peu différentes de la grande ville.

— Oui, j'ai pu en avoir un bref aperçu depuis mon arrivée, chef, mais rassurez-moi, P. est bien en France, non ?

— Euh, oui…

— Parce que quelquefois j'en viens à l'oublier. Vous n'êtes pas sans savoir que les lois françaises s'appliquent de même manière en zone urbaine que rurale.

Embarrassé, il enlève son képi et s'éponge le front avec son mouchoir en dentelle. Il faudra vraiment que je lui demande qui est *W.* (J'ai beau y penser, le W n'est pas une lettre commune en français pour commencer un prénom. Wendy ? Weronika ? Un peu trop exotique pour un garde champêtre qui ne semble jamais être sorti de son village. Peut-être ne s'agit-il pas d'une femme mais d'un homme, après tout. William ?)

— Je n'ai pas de papier, avoue Félicien. J'ai un permis de chasse, un permis de pêche, Jean-Charles est au courant, mais je ne savais pas que je devais avoir un papier pour Joël…

— Eh bien, il le faut. Et je connais d'autant plus ce sujet que je suis moi-même un enfant adopté, monsieur Nazarian. Mes parents adoptifs ont dû remplir des papiers et sont en règle vis-à-vis de l'administration, exactement comme des parents biologiques possèdent un livret de famille.

Je note un certain scepticisme sur le visage de l'agriculteur.

— Bon, laissons pour l'instant de côté cette histoire de tutelle. Auriez-vous une photo de Joël ? Voilà plusieurs heures que j'enquête sur une victime dont je n'ai encore pas vu la tête.

— Bien sûr.

Sa réponse m'étonne presque. Depuis mon arrivée, on dirait que les gens n'ont de cesse de me mettre des bâtons dans les roues. J'accueille donc sa réponse avec un regain d'espoir.

Le vieux se lève dans un craquement d'os sourd et se traîne jusqu'à une grande commode en bois. Il ouvre le premier tiroir, en sort un paquet de vieilles photographies qu'il égrène de ses doigts ridés.

— Voilà, dit-il en revenant et en m'en tendant une.

Je chausse mes lunettes (je ne les porte pas en permanence par simple souci d'esthétique, de coquetterie, je souffre d'astigmatisme, mais ne vous inquiétez pas, madame la procureur, mes notes en tir sont excellentes : à vingt mètres, je mets les dix balles dans la cible) et observe avec attention. Sur le cliché en noir et blanc, on peut voir un enfant d'une dizaine d'années. Il porte une chemise blanche, une culotte courte foncée retenue par des bretelles. Ses pieds, nus, reposent dans des étriers de corde car il est monté sur un petit âne noir dont il tient les rênes avec une certaine fierté et noblesse. Il regarde en direction de l'objectif, un demi-sourire aux lèvres et les yeux presque fermés, sans doute à cause du soleil, ce qui lui donne un air triste ou apeuré. On pourrait presque croire qu'il pressentait alors la tragédie qui s'abattrait sur lui plusieurs années plus tard.

— Joël était plus jeune, mais il n'a pas beaucoup changé. Cette photo a été prise durant la fête annuelle du village. Je ne sais plus de quelle année, mais c'était un 18 mai. Pour la petite histoire, les Allemands ont capitulé le 8 mai 1945, ce qui a marqué la fin de la guerre, mais un violent orage a éclaté dans la région, comme dimanche dernier, nous coupant du reste du monde. À l'époque, personne n'avait la radio ici et la nouvelle ne nous est arrivée que dix jours après. Pile le matin où est né Joël.

— Il ne mettait pas de chaussures ? Je vous demande cela, parce que je vois qu'il est pieds nus.

Le vieillard fronce les sourcils, me regarde comme si je venais de sortir la plus grande bêtise. On va encore me trouver très citadin.

— Des chaussures ? On voit que vous venez de la ville ! (Qu'est-ce que je vous disais !) Il avait des sabots aux pieds, inspecteur. On appelle ça des sabots.

— Pas sur ce cliché.

L'homme jette un coup d'œil.

— On ne les voit pas parce que la photo est coupée. Ils sont dans l'herbe.

Des sabots, bien sûr, ces gros chaussons inconfortables, taillés dans des bûches de trente kilos. J'imagine que le pauvre enfant devait les quitter à la moindre occasion.

— Puis-je la garder le temps de l'enquête ?

— Si vous voulez, de toute façon, ça me fend le cœur de la regarder. Si c'est pas malheureux…

— Je vous la rendrai dès que tout cela sera terminé, dis-je en l'empochant. Parlez-moi de la dernière fois où vous avez vu Joël. C'était quand, où, et il faisait quoi ?

Le vieux trempe ses lèvres dans le verre de pastis. Les glaçons s'entrechoquent.

— Finalement, je prendrais bien un verre d'eau fraîche, dit le garde champêtre. Te dérange pas, Félicien, j'vais m'servir.

Et il disparaît dans la cuisine.

— Dimanche soir.

Je note sa réponse dans mon calepin. Le vieux n'a pas hésité une seule seconde. Il semble encore très vif pour son âge.

— Il était dehors, reprend-il. Comme à son habitude (il signale, à travers la fenêtre, un point du jardin devant la maison entre le tracteur et la voiture du garde champêtre, à moins que ce ne soit le bassin, ou l'étable, un signe du doigt, c'est toujours un peu vague, on ne sait jamais où ça commence et où ça finit). S'il n'était pas là, il se promenait dans le champ derrière la maison. Il y a aussi une rivière tout près. Il aimait bien faire trempette, jusqu'aux jambes.

— Il ne savait pas nager ?

— Nager ? Non. Je n'aimais pas qu'il aille dans l'eau quand je pêchais, ça faisait fuir les poissons. Lui, il s'en fichait, il n'en mangeait pas. Quelquefois, il s'en allait et je le retrouvais derrière l'usine de confiture, là où l'herbe est rouge.

— De l'herbe rouge ? je demande en relevant la tête de mon calepin.

— La Souterrane, précise Provincio. Ça se trouve au pied de la montagne, derrière l'usine. L'herbe y est naturellement rouge. C'est le seul endroit où elle est comme ça.

— Bien, bien, dis-je en reprenant mes notes. Vous souvenez-vous de l'heure ?

— C'était l'heure du dîner. Tomates pour moi, des carottes et une pomme pour lui.

— Quelle mémoire !

— C'est simple, on mange toujours la même chose, les légumes et les fruits du potager. Je lui ai raconté ma journée. J'aime bien… *j'aimais* bien, excusez-moi, j'ai du mal à m'y faire, j'aimais bien lui raconter ma journée. Vous devez trouver ça idiot.

— Pas du tout.

Même si j'imagine que le vieux ne doit pas avoir une vie trépidante.

— Ensuite, je suis allé me coucher.

— Quelle heure était-il ?

— 22 heures. J'ai regardé ma montre.

Je repense aux paroles du médecin. Joël a été drogué à 23 heures maximum. Tout s'est donc passé entre 22 et 23 heures, à partir du moment où Félicien a laissé l'enfant seul. Quelqu'un était-il en train de les observer et s'est-il alors décidé à agir ?

— Et Joël ?

— Il est resté encore un peu là. Je pense. Il n'était pas rare qu'il passe les nuits dehors en été…

Un *clac !* résonne dans ma serviette en cuir, que j'ai posée sur la chaise à côté de moi. Je reconnais ce son, il signifie que la bande est terminée. Vous ai-je parlé de mon magnétophone, madame la procureur ? Sans m'étendre sur le sujet, c'est un Nagra III, un appareil aussi performant que les enregistreurs professionnels de studio. La Rolls-Royce de la prise de son portable. Je prétexte une envie pressante (oui, je vais toujours aux toilettes avec ma sacoche, monsieur Nazarian, quelle question !) et, une fois à l'abri, glisse une nouvelle bande dans l'appareil avant de revenir au salon et de reprendre, dans la plus grande discrétion, l'enregistrement là où nous l'avions laissé :

— Vous disiez qu'il n'était pas rare que Joël passe les nuits d'été dehors, donc.

— Oui, sous le vieux figuier, en face. Si je pouvais, moi aussi je dormirais à la fraîche. En soirée, il fait bien meilleur dehors que dedans. Mais dimanche soir, je pense que Joël est rentré parce qu'il y a eu cet orage dans la journée. Tout était mouillé. Ça m'étonnerait qu'il ait dormi dehors.

— Avez-vous entendu quelque chose aux alentours de… (je jette un œil sur mes notes en tournant quelques pages) 23 h 30 ? Un cri, un bruit inhabituel ?

— Rien. Je dors en général très bien.

— Je vois. Comment qualifieriez-vous vos relations avec Joël ?

Ma question le prend de court. J'aime passer du coq à l'âne afin de déstabiliser mon interlocuteur et d'obtenir des réponses spontanées et donc franches. Il hausse les épaules puis boit une gorgée de son indigeste pastis.

— On s'entendait bien tous les deux.

Son regard fixe quelque chose au plafond. Je le sens plongé dans ses souvenirs, que j'imagine à la fois délicieux et douloureux. Soudain, une larme vient rouler sur sa joue.

— Ça va me faire drôle de ne plus le voir là. Il était ma seule compagnie depuis que Mireille est morte il y a dix ans. On n'a jamais pu avoir d'enfant tous les deux.

— Je suis désolé. Depuis combien de temps vous occupiez-vous de Joël ?

— Depuis qu'il est né (il essuie ses yeux rouges avec sa manche). Il y a deux mois, on a fêté ses seize ans.

— Vous avez donc connu ses parents biologiques ?

Il hoche la tête.

— Le chef Provincio a été dans l'impossibilité de me donner un nom de famille, peut-être pourriez-vous m'aider ?

— Ses parents, c'était Martin et Lydie. De sacrés bosseurs, je peux vous dire. Lui travaillait à la ferme, elle allait chercher de l'eau à la source. À six kilomètres quand même ! En pleine montagne ! Et plusieurs fois par jour. C'était du temps où il n'y avait pas encore l'eau courante à P. On l'a tuée à la tâche, la pauvre…

— Nom de famille ?

— Pour quoi faire un nom de famille ? Juste Martin et Lydie.

Il avale une nouvelle rasade de Ricard.

— Est-ce que Joël allait à l'école ?

Le vieil exploitant lâche un petit rire moqueur.

— À l'école ? C'était un âne, inspecteur !

Je vois le garde champêtre à côté de moi acquiescer de la tête, l'air entendu. « Ne pas dire du mal des morts », aurait rétorqué ma mère.

— Sans vouloir vous vexer, monsieur Nazarian, j'ai connu des gamins tout à fait stupides qui allaient à l'école. C'est justement le principe.

— Si vous le dites. En tout cas, puisqu'on en parle, elle a fermé depuis longtemps. Les familles et les jeunes ont déserté le village. Vous allez vite vous en rendre compte. Il n'y a plus que des vieux à P.

J'entends le policier rural se tortiller sur sa chaise et grogner. Il ne partage apparemment pas le point de vue de l'agriculteur.

— Et il ne travaillait pas ? Dans les champs ou je ne sais quoi... ?

— Oh, non, il n'était pas comme ses parents. Fainéant comme j'ai jamais vu. Alors on le laissait. J'ai essayé de l'obliger à m'aider pour la cueillette des fruits mais je perdais mon temps. Mais bon, je l'aimais quand même. Tout le monde l'aimait ici. Demandez autour de vous. Celui qui a tué mon Joël est forcément venu d'ailleurs. Pourquoi il a fait ça ? Je n'en sais rien. Je ne comprends pas. Mais ce n'est sûrement pas quelqu'un d'ici. Je connais tout le monde.

Il avale ce qu'il reste dans son verre d'une seule gorgée et le repose en le faisant claquer sur la table.

— Trouvez le salaud qui a fait cela, inspecteur ! s'exclame-t-il, pris d'une colère soudaine. Parce que, si je le trouve avant vous, vous n'aurez même pas à huiler vos menottes, je vous le garantis. C'est comme ça que ça marche à la campagne...

Tout en disant cela, il nous montre le mur.

Un fusil de chasse y est accroché.

Annexe 4 de la lettre 1
Transcription commentée de la bande 2

Audition de la voisine

En sortant de la maison, je jette un coup d'œil au jardin et au grand bassin dans lequel nagent quelques poissons de bonne taille au dos orangé. On aurait envie de s'y jeter pour se rafraîchir un peu. Aucune clôture pour délimiter la demeure du chemin. À quelques mètres de là, un piquet est fiché dans le sol, une vieille corde à son extrémité supérieure, épaisse, du genre de celles auxquelles on attache des chiens méchants pour éviter qu'ils se jettent sur le premier facteur venu. Je ne trouve aucun indice sur le sol à proximité. Ni dans l'étable, ni dans l'enclos grillagé, dont je ne m'approche guère, les poules et le coq s'affolant au moindre de mes mouvements.

Sous le regard intrigué du chef Provincio, je m'éloigne en direction du champ de maïs qui fait face à la bâtisse. Je ne découvrirai rien non plus là-bas. Pas un mégot, pas un bout de papier, tout est propre. Trop peut-être. Malgré l'orage de dimanche, aucune trace de pas dans la boue sèche et la terre labourée, dont les sillons sont impeccables, ou sur la berge de la rivière où je me tiens (l'autre, couverte de ronces, est impraticable). Je reviens vers la maison et emprunte le chemin de pierres (chemin des

Lavoirs) par lequel nous sommes arrivés, d'un pas lent, tête baissée, mains derrière le dos. Je fais attention à ce que les cailloux n'entrent en contact qu'avec les épaisses semelles en crêpe de mes souliers de ville pour ne pas en abîmer le cuir. J'imagine Joël, marchant sur ces grosses pierres avec ses sabots, ou pire encore, pieds nus, et j'ai mal pour lui. Mon examen de cette partie de la propriété ne donnera pas plus de résultats.

Sur le tronc d'un arbre, cependant, une inscription réalisée au canif attire mon attention. BT+BT, dans un cœur. Je recopie le dessin dans mon calepin. On ne sait jamais. Joël en est peut-être à l'origine. C'était un adolescent, le seul vivant sur les lieux, il aurait pu désirer graver à jamais son amour pour une fille du coin. Une fille qui pourrait être liée au meurtre ou posséder des informations à son sujet. Mais pourquoi pas J au lieu de B ? S'agit-il d'un pseudonyme ? D'un petit nom doux ? Qui sont BT et BT ? Tout cela a-t-il un lien avec Joël ou cette enquête ? Peut-être bien que non. Je ne suis pas sans savoir que l'erreur la plus commune d'un policier est de penser que tout a un lien avec son affaire. Mais il en est une bien pire : omettre des pistes en croyant qu'elles n'ont rien à voir.

— C'est un bouleau, m'annonce Provincio, surgissant derrière moi. Les pics verts et noirs en sont friands. Cet oiseau perce les troncs pour atteindre les insectes qui bouffent le bois, les xylophages qu'on les appelle, il creuse des cavités pour y déposer ses œufs et il tambourine sur l'arbre pour communiquer avec les autres.

Tout ce que le garde champêtre connaît de ce volatile semble tenir dans cette phrase. De son gros doigt, il me montre les petits trous.

— C'est fascinant, dis-je. Je me suis toujours demandé pourquoi Woody Woodpecker, c'est dans un dessin animé américain, donne de grands coups de bec dans un arbre… Maintenant, je sais, grâce à vous, chef. BT et BT, cela vous dit quelque chose ?

L'homme regarde l'inscription, semble réfléchir et passer mentalement en revue la liste des habitants du village.

— Aucune idée, conclut-il au bout de quelques secondes. Déjà dur d'en trouver un, alors deux…

— Joël avait-il un petit nom ?

— Un petit nom ? Pourquoi ?

— Un surnom affectif que M. Nazarian, ou une autre personne, aurait employé à son égard.

— Je vois pas… Oh, attendez ! Oui. Le Jojo. L'affreux Jojo, même, qu'il disait quand il se faisait la belle.

— Joël fuguait ?

— Oh, on peut pas dire « fuguer », il allait faire un tour, quoi.

Il hausse les épaules comme si cela n'était pas important.

— Ça rendait le Félicien fou de rage, continue-t-il. Surtout qu'il le retrouvait souvent dans les hautes herbes rouges. Joël était fasciné par ce caprice de la nature. Mais Félicien aimait pas beaucoup qu'il traîne là-bas, je crois qu'il l'a dit dans sa déposition. Il tenait beaucoup à Joël et il voulait pas qu'il lui arrive quelque chose (il baisse le regard, gêné ou triste). Pour le coup, c'est loupé.

— « Jojo, l'affreux Jojo », dis-je en écrivant ces mots sur mon calepin.

Et je ne sais pas pourquoi, mais la formule, qui définit en général, de manière tendre, un enfant espiègle, prend ici une tout autre dimension, oui, madame la procureur, je ne sais pas pourquoi mais j'ai une espèce de vision (rien de surnaturel, je vous rassure), j'imagine un enfant foncièrement mauvais, qui tient un peu du diabolique, l'affreux Jojo qui se conduit mal, très mal, au point qu'on le tue, qu'on le décapite, que l'on s'acharne sur lui à la scie, tout en lui répétant « Tu es un affreux Jojo, Joël, oui, un affreux Jojo... », qu'on le démembre, « un affreux Jojo » qu'on emballe dans des sacs en papier et qu'on jette dans un chaudron à confiture, « Au revoir, l'affreux Jojo, tu n'emmerderas plus personne avec tes bêtises et tes espiègleries ». Cela ne donnerait-il pas froid dans le dos ? On peut être jaloux d'un enfant. Mon grand-père l'était quand il voyait combien ma grand-mère s'occupait de moi lorsque j'allais passer les grandes vacances chez eux. Bon, en tout cas, rien à voir avec les initiales BT.

— Ça va, inspecteur ?

J'acquiesce de la tête et, au moment où je referme le bloc-notes, je m'aperçois que j'ai repassé tellement de fois la pointe de mon stylo sur *l'affreux Jojo* que j'en ai troué le papier.

— À propos, avez-vous vu ?

— Quoi donc, inspecteur ?

Je signale l'ensemble de l'endroit où nous nous trouvons. Le chemin de pierres, les arbres, les champs, le jardin de Nazarian, les bords de la rivière et son ancien lavoir.

— Je vois pas. Enfin, je vois pas ce que je devrais voir.

— Ce que vous ne devriez justement pas voir.

Le garde champêtre jette un regard perdu autour de lui. Il ne comprend vraiment pas à quoi je fais allusion et arbore un air pitoyable assez touchant.

— Il n'y a aucune fleur rouge et jaune, dis-je pour mettre fin à son supplice.

— Oh…

— Ce qui nous indique que…

— Le Joël a pas été tué et démembré ici ?

— À première vue, chef, à première vue… Bien, j'en ai fini, allons-nous-en.

Nous remontons dans la voiture.

En sortant du chemin et en débouchant sur la départementale, nous sommes interpellés par une femme qui, de l'autre côté de la route, perchée sur le perron de sa maison, belle bâtisse en pierre noble, fait de grands gestes pour attirer notre attention. La 4CV s'arrête. Le garde champêtre hésite à s'engager sur la route.

— Qui est-ce ? je demande.

— Rien, une folle, répond-il.

Mais, au lieu de démarrer, il s'incline sur le volant, colle sa tête contre le pare-brise afin de mieux observer la scène, comme si, malgré son dédain, une puissance irréfrénable, de la force d'un aimant, l'attirait vers elle.

— Qu'est-ce que vous regardez comme ça ?

— C'est tout de même incroyable..., lance-t-il en dodelinant de la tête.

— Quoi donc ?

Il semble intrigué par un détail inhabituel car il force le regard vers la femme en plissant les yeux, signe évident de myopie.

— Eh ben, ça doit bien faire cinq ou six ans qu'elle vit en robe de chambre. Comme ces personnes séniles qui vivent toute la journée en pyjama et qui vont même faire les courses avec. Une robe de chambre bleue à fleurs rouges. Matin, midi et soir, qu'il pleuve ou qu'il vente..., été comme hiver. Je crois qu'elle l'a jamais lavée. Y a trente ans, j'peux vous dire, c'était autre chose, la plus belle fille du village ! Elle en a fait tourner des têtes. Et regardez-moi ce qu'elle est devenue... Si c'est pas malheureux !

— Elle ne porte pas de robe de chambre.

— Eh bien justement ! s'exclame le garde champêtre en se tournant vers moi pour la première fois. C'est bien ça qui me surprend. Depuis les funérailles du Joël, où elle est apparue en robe noire, une jolie robe noire qu'elle a dû ressortir du fond de son armoire, voilà qu'on dirait qu'elle a jeté sa satanée robe de chambre ! La malédiction est rompue !

Il éclate de rire.

— À moins que ça soit pour vous, inspecteur... Tout le monde est au courant de votre venue dans le village.

— Vous n'avez jamais pensé travailler pour *Paris Match* ? Allons plutôt voir ce qu'elle nous veut.

Car elle continue d'agiter les bras dans notre direction.

— Je vous assure, inspecteur. Un jour, je suis entré chez elle. C'était une vraie ménagerie ! Vous pouvez pas vous imaginer. Y avait au moins dix chiens là-dedans, des colosses, et autant de chats, des lapins en liberté, même. Ça puait, c'était sale. Une véritable infection. Y avait des crottes partout. Elle parle aux animaux, enfin, elle est complètement frappée ! Un jour, ses cabots la boufferont, vous pouvez en être sûr. Ça sert à rien d'aller perdre notre temps.

— Vous permettez que je me fasse ma propre impression ? Ce que vous nommez folie n'est peut-être qu'un amour exacerbé pour les animaux et un dégoût manifeste pour le ménage.

Le garde champêtre hausse les épaules d'un air résigné, passe la première, démarre, traverse la route après avoir vérifié qu'aucune voiture ne vient dans les deux sens (même s'il ne doit y avoir que trois passages de véhicule à la journée) et se gare devant la maison. Après avoir mis le frein à main, il me retient par le bras avant que je sorte.

— Ok, mais on entre pas.

— On n'entre pas.

— Vous me promettez ?

— Je vous promets.

La conversation qui suit se déroulera entièrement sur le perron de la maison de cette mystérieuse voisine, qui ne nous invitera pas à entrer, à la plus grande joie de Provincio.

La femme, la soixantaine, brune, de longs cheveux, qui ne paraît pas avoir pris de douche depuis un an, semble s'être laissée aller mais devait être belle étant plus jeune. Elle me saute dessus à peine suis-je descendu de la 4CV.

— Vous êtes le policier de la ville ? me demande-t-elle avec une grande nervosité.

Elle tient une cigarette entre ses doigts jaunis. Une Craven A sans filtre. Je ne fume pas, mais pour les besoins de mon métier, j'ai appris à reconnaître les différentes marques d'un simple coup d'œil, ce qui permet de gagner du temps sur les scènes de crime.

— C'est bien moi.

Inutile de nier. Imperméable ou pas. La nouvelle a l'air de la soulager.

— Je sais qui a tué Joël, inspecteur, dit-elle en baissant la voix.

Le chef Provincio soupire à côté de moi, comme s'il avait entendu cette phrase cinquante fois.

— Vous commencez à m'intéresser, madame.

— Martine.

Elle sourit, met sa Craven A entre ses lèvres et me tend la main. Puis elle souffle une volute de fumée. Son sourire disparaît presque aussitôt et son visage reprend un air sévère.

— Je viens de voir que vous sortez de chez…

Elle indique la maison de Félicien d'un mouvement de menton dédaigneux.

— En effet, je me suis entretenu avec M. Nazarian.

— Tous des hypocrites. Maintenant qu'il est mort, tout le monde aimait Joël. Mais je peux vous dire la vérité, moi, cette brute le frappait.

— Félicien le frappait ? je répète, stupéfait.

— Il lui fichait des coups de bâton, avec celui qu'il utilise pour marcher dans les bois, je peux vous le montrer, dehors, à côté de la porte d'entrée. Il le cognait en pleine figure parfois et ça me crevait le cœur de voir Joël lever la tête, les yeux mi-clos, attendant le prochain coup sans rien dire.

— De manière régulière ?

— Depuis des années. Mais de moins en moins, le vieux n'a plus autant de force qu'avant. Alors, ces derniers temps, il attachait le pauvre petit à un piquet dans le jardin. C'était plus facile, vous comprenez ? Pour le frapper et pour ne pas qu'il s'en aille.

— Il l'attachait à un piquet ?

J'entends le chef Provincio soupirer à nouveau, agacé. Puis il commence à me tirer par le bras.

— Allons-y, inspecteur…

— Qu'y a-t-il, chef ? dis-je en résistant. Moi je trouve que ce qu'est en train de nous dire cette dame est au contraire très intéressant !

— Martine.

— Martine. Continuez.

— Il lui passait une corde au cou (elle mime le geste) ou à la jambe, je peux même vous montrer la corde et le piquet.

J'imagine qu'il s'agit de ce que j'ai aperçu il y a quelques minutes devant chez Félicien, à quelques mètres du grand bassin d'eau.

— Il laissait le pauvre petit attaché là des heures, sous le soleil. Quelle ordure ! Et après, on dit que c'est moi la folle ! (Elle lance un regard noir au garde champêtre.) Parce que j'ai des chats et des chiens. Parce que j'aime les bêtes, moi ! Mais je ne suis pas folle, et il y a des humains qui sont pires que des animaux, inspecteur.

— Vous me disiez tout à l'heure que vous savez qui a tué Joël.

— C'est lui, lance-t-elle en montrant la maison de Félicien.

— Vous avez été témoin de la scène ?

— Non, mais je sais.

— Bien, n'allons pas si vite en besogne et reprenons les choses depuis le début, dis-je en ouvrant mon carnet. Avez-vous vu quelque chose d'anormal le jour de la mort de Joël, dimanche ?

— J'aperçois le jardin de Nazarian de ma fenêtre, ses potagers, ses champs aussi. J'observais toujours Joël. Une manière à moi de veiller sur lui. Parce que si on compte sur les gardes champêtres !

Nouveau regard noir, nouveau soupir de Provincio.

— Je répète la question, madame…

— Martine. Mademoiselle en tout cas.

— Martine, vous avez effectivement un bon poste d'observation, dis-je en scrutant la propriété qui s'étend devant moi. Donc, avez-vous été témoin de quelque chose d'anormal, dimanche dernier dans la soirée ?

— Il a plu toute la journée, un violent orage comme on n'en avait pas eu depuis longtemps, ça c'était déjà pas très normal. Mais en soirée, il faisait beau. Nazarian est sorti dîner dehors avec Joël, comme toujours. Après, il est rentré à la nuit tombée.

— Quelle heure était-il ?

— Je ne sais pas. 21 h 30 ou 22 heures.

Je remarque que l'emploi du temps coïncide avec celui que m'a donné le vieillard.

— Et Joël ?

— Il est resté dans le jardin.

— Que faisait-il ?

— Rien. Manger, penser à sa misérable vie, j'imagine ! Celle qu'il avait avec Félicien. J'aurais pu m'en occuper, moi, vous savez. Pauvre petit…

— C'est la dernière fois que vous l'avez vu ?

— Oui.

Les deux témoins oculaires ont vu Joël pour la dernière fois au même moment, vers 22 heures. Après cela, tout est allé vite. Peu avant 23 heures, on le droguait. À 23 h 30, on le tuait, puis on le mettait en pièces.

— Avez-vous entendu quelque chose aux alentours de 23 h 30 ? Un cri, un bruit inhabituel ?

— Non, j'écoutais la radio. Europe n° 1. J'ai tendance à la mettre un peu fort parce que les chiens sont excités. Ils entendent des voix mais ils ne voient personne, ils deviennent fous ! Et je ne vous explique pas quand je mets *Salut les copains* à tue-tête ! Par contre…

— Oui ?

— Quand je suis allée me coucher, vers minuit, Joël n'était plus là. Ça, j'en suis sûre. J'ai pour habitude de toujours jeter un dernier coup d'œil par la fenêtre avant de monter. Je ne me suis pas inquiétée, j'ai pensé qu'il s'était mis à l'abri. Parfois, il dormait dans le champ et, comme le maïs est assez haut, je ne le voyais pas, mais ce soir-là, l'herbe était mouillée et j'ai imaginé qu'il ne dormirait pas dehors. Ou alors qu'il était peut-être allé se balader derrière la maison, près de la rivière.

— Cela lui arrivait souvent d'aller se promener à la nuit tombée ? On m'a dit qu'il fuguait de temps en temps.

— « Fuguait » ? Il goûtait à sa liberté. Quand il n'était pas attaché comme un chien… Enfin, « un chien », même moi je ne tiens pas les miens en laisse. Il venait me voir, souvent. Il traversait la route. On papotait tous les deux. Je lui donnais quelque chose à boire. Je fais de l'orangeade comme personne. Il aimait l'orangeade. Et vous, inspecteur ? Quand il venait, j'enfermais les chats dans la maison parce qu'ils ne supportaient pas sa présence. Ils feulaient comme des panthères. Ils devaient être jaloux de mon amour pour Joël. Y a pas plus jaloux qu'un chat. Les chiens, ils ne disaient rien. Ils sont gentils. Je m'asseyais là, avec lui, sur le perron. Il posait parfois sa tête sur mon épaule. Il était bien avec moi. Je sentais toute sa détresse. On causait de tout et de rien. Je lui donnais une pomme quand il était sage. Il aimait les pommes. Bien rouges. Surtout celles de mon jardin. Je l'ai déjà vu traîner dans le coin pour m'en chaparder une ou deux. Mais je ne disais rien. Pauvre Joël. Il ne me chipera plus de fruits maintenant… Alors, il venait le chercher et ils rentraient chez eux.

— Qui ça *il* ?

— L'autre.

Elle indique la ferme d'en face.

— Félicien. En chemin, il lui infligeait une bonne correction pour être parti sans rien lui dire. Ou pour être venu me voir, je ne sais pas. Il ne se cachait pas, en plus. Hop, des coups de bâton sur les côtes, dans le dos. Joël rentrait à contrecœur, et comme il n'avançait pas assez vite pour lui, il le bâtonnait dans les jambes en l'insultant. Et après, il l'attachait, un peu mieux cette fois-ci, pour ne plus qu'il recommence.

Quelle horreur, madame la procureur. Et moi qui imaginais quelques instants plus tôt Joël en affreux Jojo, enfant mi-ange mi-démon. Mais le diable dans cette histoire, l'affreux Jojo, c'est Nazarian, qui aurait dû aimer et traiter ce fils adoptif comme son fils biologique.

— Joël ne s'est jamais rebellé ?

— Non. Et je peux vous dire que j'attendais ce jour avec impatience. Le jour où Joël lui mettrait un bon coup bien placé. Je n'aurais pas été la dernière à en rire. Mais il ne disait jamais rien, il se laissait faire. Ce que j'aurais aimé m'occuper de Joël. Lui ne le méritait pas. « Il est à moi », disait-il tout le temps. Comme si un être pouvait appartenir à un autre. Et maintenant, je suis sûr qu'il est en peine, pas vrai ?

— Félicien a l'air affecté par la tragique disparition de Joël, en effet.

Elle agite la tête, comme si on ne la lui faisait pas.

— Bien, ce sera tout, mademoiselle. Oh, une dernière chose.

Je sors la photo du petit garçon que vient de me laisser le vieillard.

— Vous me confirmez qu'il s'agit bien de Joël ?

Elle jette un œil sur le cliché et, aussitôt, détourne le regard en acquiesçant de la tête. Elle allume une autre cigarette et exhale bruyamment, comme pour décharger son corps d'un immense poids.

— Je savais que ça se terminerait comme ça, inspecteur, assène-t-elle en soufflant un nuage de fumée, je savais qu'à force il finirait par le tuer. J'aurais dû prévenir les autorités, écrire au tribunal de M. ou à de Gaulle, passer outre le je-m'en-foutisme des gens d'ici. Si vous saviez comme je les hais ! C'est de ma faute si Joël est mort. La faute de mon silence.

— Vous n'y êtes pour rien, Martine. Et votre témoignage est une aide précieuse, dis-je en mettant ma main sur son bras.

— Mais c'est trop tard. Il est mort.

— Voilà pourquoi votre déposition est essentielle, pour que nous retrouvions celui qui a fait ça et qu'il soit puni.

Elle sourit et hoche la tête.

— Repassez à l'occasion, inspecteur. Je vous préparerai une bonne orangeade. Vous avez une bonne tête. Vous me faites penser à Edmond.

— Edmond ?

— Vous êtes mulâtre, comme lui.

— Mulâtre ? Je ne suis pas mulâtre, madame.

— Non ? Oubliez alors. Mais n'oubliez pas mon orangeade !

— Promis, nous repasserons.

— Repassez donc tout seul, dit-elle en fusillant Provincio du regard.

Nous montons dans la voiture et nous réengageons sur la route en direction du village. Je laisse alors éclater ma colère :

— Je comprends qu'elle ne vous aime pas, chef. Vous étiez au courant ?

— De quoi ?

— Des mauvais traitements que Félicien Nazarian infligeait à Joël !

— Mauvais traitements ? répète Provincio, comme s'il ne comprenait pas de quoi je parle.

— Bon Dieu, ce n'était qu'un enfant !

— C'était pas un enfant, inspecteur !

— Oh, c'est vrai, il avait seize ans, la belle affaire ! Quand bien même. Il le frappait ! Il l'attachait à un piquet dans le jardin ! Suis-je le seul à trouver cela révoltant ?

— Sans vouloir vous vexer, inspecteur, vous venez d'la ville, à la campagne, les choses sont différentes. Vous pouvez pas nous juger !

— Vous avez raison, moi non, mais madame la procureur, si ! Elle aussi vient « d'la ville », comme vous dites, et nous verrons bien si elle comprend ces choses-là ! Je l'espère pour vous, car vous étiez au courant et vous n'avez rien fait. Et collègue ou pas, vous devrez répondre de vos actes. Ou justement, de votre passivité. Je comprends maintenant pourquoi vous ne souhaitiez pas que nous allions la voir.

— C'est pas pour ça ! se défend-il. Je voulais pas qu'on perde notre temps avec des bêtises.

— Vous appelez cela des « bêtises » ? Je rêve ! Vous me décevez, chef Provincio. Veuillez m'amener à mon hôtel, je vous prie. J'ai beaucoup voyagé, j'en ai déjà beaucoup appris sur ce village et ses habitants, il fait une chaleur insupportable et je ne désire qu'une seule chose, prendre une bonne douche, me reposer un peu et digérer tout cela.

Mercredi

Hôtel Au Bon Repos
Chambre 16
193, route départementale de P.
P.

Mercredi 19 juillet 1961

Madame la procureur de la République de M.,

Un nouveau jour se lève sur la campagne.

Il est incorrect de penser que le silence règne en maître ici. Les cigales qui font un bruit de clôture électrifiée, le meuglement des vaches, les chiens qui aboient, les clochettes des brebis qui tintent au loin comme cent églises forment un paysage sonore qui ne s'éteint pas, qui n'en finit pas, qui vous accompagne toujours, mais auquel on ne s'habitue jamais. Non, madame, il n'y a pas moins de bruit à la campagne qu'à la ville, il est juste différent.

Si je vous écris ces quelques lignes, vous vous en doutez bien, c'est que la communication n'a pas été rétablie entre P. et le monde. J'ai pu voir de mes propres yeux, en revenant hier soir à l'hôtel, les dégâts occasionnés par l'orage. Des arbres et des pylônes ont littéralement été arrachés et les lignes téléphoniques gisent à terre, quelquefois au beau milieu de la route, comme d'interminables serpents morts que les P&T tardent à ramasser et qu'il faut éviter en roulant en zigzag.

L'hôtel Au Bon Repos est situé à quelques kilomètres de P. (il n'y en a pas dans le village). C'est laid et vieux, mais très propre. N'est-ce pas tout ce que l'on demande à un établissement de ce type ? Il y a un restaurant au rez-de-chaussée, ce qui est fort pratique. Je suis déjà assez isolé et je n'ai pas de voiture. J'y prends donc mes repas du soir. J'ai refusé l'invitation du chef Provincio qui me proposait de dormir chez lui. (J'ai bien remarqué qu'il était vexé hier que j'aie accordé plus d'importance aux propos de Martine Moinard qu'aux siens et que je l'aie réprimandé ; quelquefois, il se comporte comme un enfant.) En outre, l'enquête me prendra quelques jours. Je ne veux être une corvée pour personne et souhaite avant tout préserver mon intimité.

Hier, avant de me coucher, en feuilletant l'exemplaire des *Souris et des hommes* que j'ai apporté avec moi, que j'avais déjà lu mais que je souhaitais relire (je prends toujours de la lecture, habitude que j'ai contractée de mon père, qui était professeur de littérature à M.), je suis tombé sur ce passage :

« Il te foutra une bonne volée de coups de bâton, voilà ce qu'il fera.

Cette fois, Lennie se rebiffa.

— Ça, jamais de la vie. George ne fera jamais une chose pareille. J'connais George depuis… j'sais pas combien de temps… et jamais il ne m'a menacé d'un bâton. Il est gentil avec moi. Il n'va pas commencer à être méchant. »

Troublant, n'est-ce pas ? Surtout quand on sait, au risque de vous gâcher la lecture d'un si grand chef-d'œuvre, que George tue Lennie d'un coup de revolver dans le dernier chapitre du livre…

À part ça, j'ai passé une bonne première nuit, mais je vous épargne les détails. Je souffre en effet d'insomnie due à un mal de dos chronique (j'ai parfois l'impression d'être un jeune enfermé dans un corps de vieux). Ma grand-tante (la sœur de ma mère adoptive) pâtissait de la même calamité, ce qui me donne à penser que c'est affaire de famille, même si cela est impossible, nous ne partageons pas les mêmes gènes. Quoi qu'il en soit, je ne peux trouver le sommeil que dans la position dite en chien de fusil (vous avez déjà vu un vieux fusil, madame la procureur ? La partie percutante a vraiment la forme d'une apostrophe inversée, d'un fœtus recroquevillé sur lui-même, d'où l'expression, j'imagine), en chien de fusil, donc, sur le côté gauche, allez savoir pourquoi. Sur le droit, cela m'est impossible.

Je viens de donner ma première lettre, rédigée hier soir, au gérant du Bon Repos, Raymond Jacquemart, afin qu'il vous l'envoie dans le plus bref délai. Vous devriez la recevoir, selon lui, en début d'après-midi. Le courrier voyage par chemin de fer et P. est assez bien desservi (quatre trains par jour, car il se trouve sur le trajet qui mène à la mer). Je vous enverrai cette deuxième missive demain matin, en espérant pouvoir garder ce rythme et vous maintenir informée de la progression de mon enquête de manière quotidienne. C'est finalement peut-être mieux que de vous importuner toute la journée avec des coups de téléphone. On peut lire une lettre où l'on veut, quand on veut. Cet orage est un mal pour un bien. Prenons-le pour tel.

Autre avantage majeur de la correspondance écrite : l'absence d'odeur. Vous ne pouvez vous figurer l'infection qui a assailli mes narines quand j'ai ouvert la fenêtre de ma chambre ce matin. Et après, on nous rebat les oreilles avec la pureté de l'air de la campagne ! Qu'ils viennent donc faire un tour ici aujourd'hui tous ces plaideurs de la nature, et nous en reparlerons !

Dans l'Annexe 1 de la présente, vous connaîtrez la cause de cette puanteur, en plus d'apprendre une manière révolutionnaire d'élaborer la confiture et d'avoir une transcription précise de l'audition de Josette Chaix, la personne qui a découvert Joël dans la cuve numéro 4 de l'usine de production et de mise en pots des confitures Boniteau de P.

Bonne lecture ! Ou devrais-je dire « Bon appétit ! ».

(à suivre)

Annexe 1 de la lettre 2
Transcription commentée des bandes 2 et 3

Audition de la personne ayant découvert le cadavre

Alors que j'attends le bus depuis un bon quart d'heure, un mouchoir appliqué sur le nez afin de ne pas respirer cette horrible odeur qui flotte dans l'air, je vois apparaître la vieille 4CV verte. La fenêtre du conducteur se baisse et le visage souriant du garde champêtre en sort.

— Il n'y a que deux autobus à la journée, m'explique-t-il une fois en route. Vous avez loupé le premier, vous auriez pu attendre jusqu'à ce soir ! Ce n'est pas un problème pour moi de venir vous chercher le matin et de vous ramener en fin d'après-midi. Sans compter que mon invitation de séjourner chez moi tient toujours.

— Berci, bais je préf…

— Vous avez attrapé un rhume ?

Je retire le mouchoir de mon nez.

— Chef, c'est quoi cette odeur de…

— … merde ? Eh bien, de la merde, inspecteur ! s'exclame-t-il en riant. De la merde de porc, pour être précis. Depuis ce matin, ils balancent du purin dans les champs pour préparer les semailles. Avec le vent d'ouest, on prend tout dans la figure. Mais par cette chaleur, ça devrait sécher vite. Demain, ça sentira plus.

— Quel est votre secret pour respirer ?

— On s'habitue à tout. C'est tout de même pas à un flic de la criminelle que je vais apprendre ça, non ? Alors, inspecteur, où on va ?

La ferme de production et de mise en pots des confitures Boniteau appartenant à Basile Boniteau, le maire du village, est située à l'est de mon hôtel, en s'éloignant de P. en direction de Q. L'endroit se compose d'un immense bâtiment principal au toit en tôle bleue et d'un parking d'une trentaine de places rempli à moitié. Un panneau gigantesque montre un bocal de confiture à côté duquel est écrit « Confitures Boniteau, pour ceux qui se lèvent tôt ! ». Le tout est construit dans une clairière et gâche un peu le paysage.

— Avant d'entrer, dis-je, j'aimerais bien voir cette herbe rouge dont a parlé Nazarian.

— Oh, La Souterrane.

— C'est ça, La Souterrane.

— C'est juste derrière.

Après quelques minutes à faire le tour de la bâtisse, nous débouchons sur des hautes herbes. Écarlates. Leur couleur est saisissante. On dirait qu'elles ont été trempées dans le sang le plus pur avant d'être séchées. Plus impressionnante encore est la ligne de séparation. Aucune transition, aucun dégradé. Un endroit l'herbe est verte, celui d'à côté, elle est rouge. Un rectangle sanguin d'un périmètre d'une cinquantaine de mètres au milieu d'une étendue émeraude. Comme si un peintre géant avait renversé de la peinture sans prendre garde. C'est d'une beauté sans nom.

— Je n'ai jamais vu pareil phénomène, dis-je, stupéfait. Je comprends pourquoi Joël venait souvent ici, c'est fascinant.

Je m'approche et prends une herbe entre mes doigts. Son toucher est râpeux, assez désagréable. Je regarde mes doigts qui ont conservé leur couleur d'origine. Le brin ne déteint pas.

— Ça a toujours été comme ça ? je demande.

Il marque un temps de réflexion.

— Aussi loin que ma mémoire se souvienne… oui. Toujours. Bien, je crois qu'on nous attend.

Nous revenons sur nos pas et entrons dans la fabrique.

— Cette usine est révolutionnaire, commence le chef Provincio en me guidant à l'intérieur, et on en est très fiers ici. Vous avez sous vos yeux l'avenir de la confiture. Jusqu'à maintenant, elle était préparée en petites quantités par des artisans du coin qui vendaient leur production au marché le samedi matin, mais maintenant, avec la naissance des supermarchés, le maire pense que ça suffira plus et qu'il faudra des usines pour les fournir. Vous êtes déjà allé dans un supermarché, inspecteur ? Il paraît que c'est merveilleux ! Il y a un certain Carrefour à Annecy et un Express-Marché en région parisienne, mais ça fait quand même loin pour aller faire les courses. Bref, les rayons sont immenses, de vraies cavernes d'Ali Baba, et il faut bien remplir tout ça. La grande distribution, c'est l'avenir, dit monsieur l'maire.

— Pour élaborer une délicieuse confiture, continue Josette Chaix, dite « Josy », employée à l'usine, calot sur ses cheveux ramassés dessous en chignon et qui vient de nous rejoindre, il faut d'excellents fruits. Ils sont achetés aux meilleurs agriculteurs de la région. D'un côté, vous avez l'endroit où on les réceptionne (elle tend la main gauche), où on les trie, à l'œil nu, où on les lave. De l'autre (elle tend la main droite), la chaîne de cuisson et de conditionnement. Une fois propres, les fruits sont versés dans de grandes cuves où ils sont cuits pendant des heures avec du sucre. La confiture tombe alors dans de grands bacs. Elle est ensuite mise en pots, encore chaude. Le capsulage se fait à la main. Il faut bien visser les couvercles pendant que la confiture est encore chaude et retourner les pots pour assurer leur totale étanchéité. On pasteurise tout ça puis on met en cagettes et ça part dans les coopératives de la région. Il n'y a que deux supermarchés en France, mais le patron dit que dans quelques mois, il y en aura le double, puis le triple, et qu'à la fin, il y aura des supermarchés partout et qu'ils devront bien se fournir en confiture, devinez où ? Chez Boniteau !

— Je vois, madame Chaix, c'est très intéressant tout ça, mais pour en venir à notre affaire… Pourriez-vous me montrer où vous avez découvert le corps de Joël lundi matin ?

Elle tressaille et son sourire disparaît. Mes paroles semblent lui avoir rappelé pourquoi je suis là et ce que j'attends d'elle.

— Je travaille… à la chaîne de cuisson, dit-elle en se faufilant entre les postes de travail. Chaque matin, quand j'arrive, je mets en marche les… appareils, puis le reste de ma journée se résume à verser les fruits découpés dans la cuve.

Elle monte, avec l'agilité d'une funambule, un étroit escalier en métal qui mène au sommet d'un immense chaudron en cuivre. Je la suis en me tenant fermement à la rampe. Inutile de préciser que la scène de crime a complètement été contaminée par les travailleurs depuis lundi. Trois jours se sont écoulés depuis que le meurtrier a déposé les sacs ici. Ce n'est même pas la peine d'y rechercher des traces de pas ou d'empreintes digitales. Et encore moins de terre et de fleurs…

— Un instant, madame Chaix.

— Appelez-moi Josy, inspecteur, dit-elle en essayant d'esquisser un sourire qui prend la forme d'une grimace embarrassée.

Elle a l'air visiblement ébranlée.

— Chef ?

— Oui ? me répond le garde champêtre depuis le bas de l'échelle.

— J'imagine que vous n'avez pas pris de photos des lieux tels qu'ils étaient lundi matin ? Je veux dire, de la scène de crime.

— Y a quinze ans, j'ai demandé un appareil de photo à la préfecture. J'l'attends encore, inspecteur.

— Ok, reprenez, Josy.

Elle sursaute à l'évocation de son prénom. Son regard était perdu dans le vide, quelque part entre l'ouverture de la cuve de cuisson et le fond.

— Je suis montée avec la première cagette, dit-elle en tremblant comme si elle était revenue à ce lundi matin qui a changé, un tant soit peu, sa vie. (Même si à ce moment-là elle n'avait encore aucune raison de trembler.) Des pommes, en l'occurrence, et j'ai ouvert la cuve pour les verser. (Elle fait le geste.) J'ai regardé dedans avant. Un réflexe. (Cette fois-ci, elle n'accompagne pas la parole au geste, comme si elle s'attendait à retomber sur le cadavre de Joël.) Chaque soir, on les lave bien mais je ne sais pas, je dois être un peu maniaque, on était lundi, le week-end était passé sans que ça travaille, alors j'ai voulu vérifier qu'il ne restait pas des résidus de fruits du vendredi qui auraient pu pourrir, ou qu'il n'y avait pas un rat coincé dedans, c'est déjà arrivé une fois. Ces sales bestioles se faufilent partout. Bref, j'ai vu... quelque chose de marron au fond. Ça m'a intriguée. Je suis descendue débrancher la machine pour éviter un accident, imaginez que les résistances se mettent en marche juste quand je suis dedans et que je commence à cuire ! Je ne suis pas très comestible, inspecteur, même avec beaucoup de sucre ! (Elle émet un rire nerveux, puis redevient sérieuse.) Je suis remontée avec un balai et j'ai essayé de repêcher le sac. J'en ai sorti un, il y en avait encore plusieurs au fond. C'était un sac en papier marron de grande taille, avec écrit les Galeries Lafayette. Je n'en avais jamais vu. Je n'ai pas cette chance. Je ne suis jamais allée à Paris, je n'ai pas les moyens. Mais les Galeries, je connais, tout le monde connaît, même ici. Bref, le sac était un peu lourd et recouvert de liquide rouge. Je vous avoue que j'ai cru que c'était... de la framboise. C'était logique. Les agriculteurs déposent quelquefois des sacs remplis de fruits, mais il n'aurait pas dû se trouver là. Les anses étaient nouées, alors je les ai détachées et j'ai ouvert.

Elle marque une pause. Son visage devient pâle. Ses jambes flageolent. Je la sens sur le point de défaillir.

— Vous allez bien ?

— Oui, oui, dit-elle en se recomposant. Merci.

Elle avale sa salive et reprend :

— C'était la tête d'un… de… Enfin, je ne savais pas que c'était Joël sur le moment. À vrai dire, je n'ai pensé à rien, j'ai eu peur, j'ai jeté le sac par terre par réflexe en hurlant, je crois bien. Un collègue s'est approché et il m'a demandé ce que j'avais. Je ne sais même pas si je lui ai répondu. Je tremblais, je me sentais mal, j'avais envie de vomir. Je me rappelle juste qu'au moment de m'évanouir, il m'a prise dans ses bras et m'a soutenue doucement pour ne pas que je tombe. Il m'a assise par terre. D'autres collègues sont arrivés. Il y en a un qui a jeté un coup d'œil au contenu du sac et il a tout de suite prévenu la direction. Ils en ont sorti sept autres de la cuve…

— Il me faudra le nom de toutes ces personnes. Continuez.

— C'est tout. Je sais qu'on a appelé le maire et le garde champêtre qui étaient occupés à constater les dégâts de l'orage dans les alentours de P. Le contremaître m'a donné ma journée et je suis rentrée chez moi.

— Vous n'avez donc pas reconnu Joël sur le coup, n'est-ce pas ?

Elle acquiesce de la tête.

— Mais vous le connaissiez…

— Comme tout le monde. Je l'avais déjà vu au village les 18 mai, ou dans le jardin de Félicien quand je passais devant chez lui, c'est sur mon chemin pour venir à l'usine. Oui, Joël était assez connu à P. Mais bon, quand j'ai vu la… tête, je n'ai pas fait le rapprochement.

Je la remercie et redescends avec elle. Une fois en bas, elle me donne le nom de la personne qui l'a secourue, un certain Claude Lothy, et celui de quelques autres employés présents sur les lieux au moment de la découverte du corps. Je referme mon calepin et m'intéresse à la grosse machine qui se trouve face à moi.

— Si j'ai bien compris, on met les fruits et le sucre ici et ils ressortent en bouillie par là ? je demande en indiquant le bec verseur de la cuve qui surplombe une grande bassine.

— En confiture, oui. Là, il y a des employés qui prennent les bacs pleins et qui les emportent à la section de mise en pots.

— Si vous ne vous en étiez pas rendu compte, et excusez-moi d'être aussi cru, Joël aurait terminé en confiture dans une épicerie, c'est bien ça ?

Elle pose la main sur sa bouche, écarquille les yeux, comme si elle n'avait jamais pensé à une telle éventualité.

Clac ! Fin de bande. Pause toilettes bienvenue. Remplacement de la bande. Reprise de l'enregistrement.

— Non, inspecteur, je pense que quelqu'un s'en serait aperçu en voyant les bacs. Peut-être pas pour de la confiture de fraise, de framboise ou de groseille, car le produit est rougeâtre, mais sûrement de pomme, d'orange ou de pêche. Si Joël avait été… cuit, oh mon Dieu… enfin, voilà, oui… on aurait retrouvé beaucoup d'impuretés dans le mélange, des poils, de la peau, des… os… et les sacs en papier. Ça ne serait jamais passé, inspecteur. Non, quelqu'un aurait sûrement vu avant la mise en pots…

Elle agite la tête comme pour se demander si elle est vraiment en train d'avoir cette conversation.

— Je vous remercie, Josette… Josy, ce sera tout pour l'instant.

Je me retourne vers Jean-Charles Provincio et le contremaître, un gros bonhomme aux allures de boucher, restés en retrait, et je demande à parler à Claude Lothy, Mario Pinzzo et René Martin. Le contremaître s'active et va chercher ce beau monde, que j'entends par la suite, à tour de rôle, dans son bureau. (Je joins les auditions à la procédure, mais elles n'ont aucun intérêt en soi, les trois hommes corroboreront les dires de Josette Chaix sans autre particularité ni élément nouveau.)

— Et si nous allions manger, Provincio ? Vous allez penser que je suis un homme sans cœur et insensible, mais tout cela m'a donné rudement faim.

Hôtel Au Bon Repos
Chambre 16
193, route départementale de P.
P.

Mercredi 19 juillet 1961 (suite)

Madame la procureur de la République de M.,

J'ai honte de vous l'avouer, après ce que vous venez de lire de surcroît (Joël finissant dans une barquette de marmelade), mais je n'espérais qu'une seule chose en entrant chez Jacques, y manger un bon canard avec de la confiture de figue. De la confiture Boniteau, élaborée avec les figues de Nazarian.

On ne servait pas cela à midi.

Je vous livre en Annexe 2 la transcription d'une captivante conversation avec mon indécrottable garde champêtre (plat du jour inclus), ainsi que, à la suite, la non moins fructueuse audition du maire et directeur de l'usine de confiture de P., le susnommé Basile Boniteau.

PS : Vous avez déjà vu de l'herbe rouge, madame ? Pas le roman de Boris Vian, pas du sang sur des feuilles, non, un champ de hautes herbes naturellement rouges se balançant au gré du vent comme une robe de gitane. C'est un spectacle que tout le monde devrait voir avant de mourir…

(à suivre)

Annexe 2 de la lettre 2
Transcription commentée de la bande 3

Audition du maire

— On a frôlé le crime parfait.

— C'est-à-dire ? me demande le chef Provincio en dégustant sa saucisse, un petit sourire niais aux lèvres.

J'ai remarqué qu'il se plaît à tracer, avec les pointes de sa fourchette, des sillons bien droits dans ses lentilles. Est-ce là une manifestation d'une névrose obsessionnelle ou un relent de ses origines paysannes ?

— Imaginez que le tueur ait pris la peine d'enlever la peau du cadavre de Joël, l'ait démembré, désossé, n'ait pas laissé les morceaux dans les sacs avant de les plonger dans la cuve de cuisson, et que Josette Chaix l'ait actionné sans en examiner l'intérieur, on n'aurait jamais plus retrouvé le corps. Hop, en coopérative, rayon petit déjeuner ! Oui, le crime parfait. On aurait cru Joël disparu, on l'aurait cherché partout, pendant plusieurs semaines, et puis on aurait abandonné.

Clac !

— Excusez-moi, une envie pressante.

— Pourquoi vous prenez toujours votre mallette avec vous ? On va pas vous la piquer…

Cette fois-ci, ce sont les piles. Je m'éclipse afin de remplacer les douze grosses LR20. À mon retour, je reprends l'enregistrement là où je l'avais laissé.

— Au fait, inspecteur, je vous ai pas dit, c'est des gaillardes, m'annonce Provincio, lorsque je reprends ma place en face de lui.

Il dessine maintenant des spirales dans ses lentilles. D'un point de vue psychologique, les ronds désignent une crise émotionnelle, des soucis.

— De quoi parlez-vous ?

— Des fleurs. C'est des gaillardes. Des *Gaillardia clemens*, pour être précis.

Il repose sa fourchette et sort de sa poche une planche qu'il a sans doute arrachée d'un traité de botanique. En son centre est dessinée une grande fleur rouge semblable à un soleil, dont on aurait peint les pointes en jaune. Je chausse mes lunettes et je lis :

« La *Gaillardia* fait partie de la grande famille des astéracées. Le nom "*Gaillardia*" fut donné par le célèbre botaniste Auguste Denis Fougeroux de Bondaroy, en 1786, en hommage à l'un de ses amis, magistrat et botaniste amateur, Gaillard de Charentonneau. »

— Ce matin, avant de passer vous prendre à l'hôtel, j'ai montré cette illustration au docteur Bonnin. Il est formel, c'est bien la fleur dont il a trouvé des résidus dans les sacs en papier où était emballé Joël. Du moins, elle lui ressemble beaucoup.

— Excellent, chef ! Quelle bonne nouvelle ! Un point pour la police des fleurs, des arbres et des forêts.

Il hoche la tête avec un grand sourire de satisfaction qui dévoile quelques dents tachées de lentilles.

— Et vous savez quoi ? C'est pas tout, reprend-il. C'est une fleur de culture.

— C'est-à-dire ?

— Qu'on en trouve très peu ou pas de forme sauvage dans la nature. Elles sont cultivées par l'homme. Regardez.

Il pose son gros doigt sur un encart de la planche.

« La gaillarde est une plante cultivée ornementale. »

— On dirait que notre assassin a la main verte, chef. Il y a un dicton qui dit : De mémoire de rose, il n'y a qu'un jardinier au monde. À nous de le retrouver… Excellent travail. Je peux la garder ?

— Bien sûr.

Je replie la feuille et la range dans la poche de mon pantalon, je fais de même avec mes lunettes.

— Vous êtes marié, chef ? je demande en piquant dans ma saucisse.

— Je suis veuf. Elle est morte d'un cancer, c'est le lot de pas mal de gens ici…

— Je suis désolé.

— Vous inquiétez pas.

— Vous n'avez jamais songé à vous remarier ?

— Ça doit être que je suis difficile…

— On est parfois mieux seul. Puis-je vous poser une question indiscrète ?

— Allez-y.

— Comment s'appelait votre femme ?

— Angélique.

— C'est très joli. Et quel était son nom de jeune fille ?

— Langlois, pourquoi ?

— Vous ai-je déjà dit que je suis licencié en psychologie ?

— Non, mais ça explique de nombreuses choses.

Je souris.

— Je pense que les noms ne nous sont pas donnés de manière arbitraire et qu'ils influencent, par la suite, notre vie. Et notre comportement. Tenez, le vôtre, par exemple, Jean-Charles Provincio. Dans de nombreux pays, Charles est un prénom très prisé par la royauté. Et Provincio vient sûrement de *province*. Un « roi de province », c'est un peu ce que vous êtes ici, à P., le policier du village, la loi, comme le dit si fièrement votre brassard.

— Vous avez raison, dit-il en dodelinant de la tête, sans penser une seule seconde qu'en suivant ce même raisonnement, le maire de P. devrait également s'appeler Jean-Charles Provincio.

Oubliez tout ce baratin, madame la procureur, Angélique Provincio née Langlois n'est pas la *W* de son mouchoir en dentelle…

En sortant du restaurant, l'odeur du purin assaille mes narines. Cet air fétide flotte au-dessus de nos têtes comme un poison auquel il est impossible d'échapper lorsqu'on se trouve à l'extérieur. Je me réjouis d'avoir fermé la fenêtre de ma chambre ce matin en partant. J'ai trouvé dans mes affaires un tube de pommade chinoise de Wuhan (c'est ce que je m'applique sur la moustache pendant les autopsies pour ne pas humer le fort parfum des corps en cours de dissection), dont je me suis aussitôt barbouillé les narines. Je revis !

Sur ce, nous nous rendons à l'hôtel de ville de P., où j'ai rendez-vous avec le maire. Il est temps de rencontrer l'homme responsable, avec vous, de ma venue en ces contrées reculées.

— Cher inspecteur, quelle joie de vous voir !

— Monsieur le maire.

Nous nous serrons la main.

Vous voyez notre Premier ministre, Michel Debré ? Eh bien, son frère jumeau, avec une fine barbe noire, tout juste la quarantaine.

Basile Boniteau est de ces personnes qui ne vous lâchent pas la main une fois que vous la leur avez donnée. Il continue de l'agiter tout en me dévisageant, d'un air appliqué ou soucieux, comme s'il cherchait quelque chose sur mon visage, ou au plus profond de moi.

— Appelez-moi Basile, dit-il en me libérant enfin. Je suis désolé de ne pas avoir pu vous accueillir hier. Entre la mairie et l'usine, j'ai toujours quelque chose à faire. On dirait que personne ne sait se débrouiller sans moi… Avez-vous fait bon voyage au moins ?

— Oui, monsieur le maire.

— Et l'hôtel ?

— Excellent, monsieur le maire.

— Les repas ? Provincio vous a-t-il emmené manger la tête de veau chez Jacques hier ?

— Délicieuse, monsieur le maire, et la mousse au chocolat, divine.

— Oh, je tuerais pour cette mousse au chocolat ! s'exclame-t-il, avant de se reprendre : Oui, enfin… Et mes confitures ? Il vous faut goûter mes confitures.

— Demain matin, monsieur le maire.

— Bon. On vous traite bien alors ?

Il attend ma réponse d'un air préoccupé, paternel.

— Parfaitement. Mais je ne suis plus un petit garçon, si vous dites cela pour mon âge.

— Oh non, ne vous méprenez pas. Et puis, cette moustache vous donne quelques années de plus. Tout va pour le mieux, donc ?

— Eh bien, à vrai dire… non, monsieur (l'homme fronce les sourcils et attend la suite, intrigué). J'avoue, si je suis sincère avec vous, avoir été un peu surpris d'apprendre qu'une autopsie avait été réalisée. Sans le consentement de madame la procureur, cela va sans dire. Et je ne vous raconte pas quand on m'a informé que vous aviez enterré Joël quelques heures avant mon arrivée !

— Oh, je suis désolé, inspecteur. Je vous comprends. Oui, vous avez tous les droits du monde d'être remonté. Mais, voyez-vous, j'ai passé deux jours horribles. Les pires de ma vie, puisque nous en sommes aux confidences. Tous les citoyens de P. ont été choqués par la brutalité de l'événement. Je voulais en finir avec tout ça, que Joël repose au plus vite dans le cimetière communal. Ils ont fait une exception pour lui. Même le curé a joué le jeu et a dit une messe. Après tout, nous sommes tous des créatures de Dieu.

— Oui, mais…

— *Mea culpa*, me coupe l'homme en levant les deux mains en l'air comme s'il se rendait. J'ai dû prendre des décisions, inspecteur. Des décisions rapides. Mais je ne crois pas m'être trompé. Vous avez vu le docteur Bonnin ? Je fais une confiance aveugle aux médecins, mon père était un des plus brillants de M. Qu'avez-vous tiré de son autopsie ?

— Elle s'est révélée très intéressante. Un point fort de l'enquête, vraiment, je…

— Eh bien, vous voyez ! Et je n'étais pas obligé. Je tiens à souligner le caractère exceptionnel de la chose, car, en temps normal, je n'aurais jamais demandé qu'une autopsie soit réalisée.

— Mais il y a des lois, monsieur le maire, il y a un code de procédure pénale, une règle du jeu !

— Les règles ne sont pas les mêmes ici.

Je note une lueur différente dans ses yeux. Je ne saurais dire si c'est une menace ou une simple constatation de sa part. Ils ont l'air de me dire : « Les règles, ici, c'est moi qui les fixe. »

— Je vous le répète, je n'aurais jamais ordonné une autopsie si ce n'avait pas été Joël. Joël était tout un symbole pour nous. Il est né le 18 mai 1945, c'est la date à laquelle…

— … la nouvelle de la fin de la guerre est arrivée jusqu'à P., je sais, M. Nazarian m'a raconté.

— Exactement. Un orage comme celui de dimanche dernier, peut-être bien pire, avait coupé depuis le 6 mai notre village du reste du monde. On ne pouvait plus sortir et personne ne pouvait entrer. Plus d'échanges avec l'extérieur. Une vraie île au milieu des champs. Mais au cœur des ténèbres est apparue la lumière. Le 18 mai, on a retiré le dernier arbre de la route et on a envoyé un gars à Q. en voiture chercher quelques vivres. Il est revenu les mains vides, mais avec l'incroyable nouvelle. La guerre était finie. Les Allemands avaient perdu. Il était tellement heureux qu'il en avait oublié sa mission et les courses ! Le même jour, quelques heures après, Joël est né. La toute première naissance depuis cette ignoble guerre. C'était comme le retour de la vie, de cette allégresse que P. avait perdue depuis 1939. Un nouveau destin, plus fleuri et plus beau pour notre village. Certains, vous allez trouver cela drôle, avaient proposé de l'appeler Liberté, ou Victoire, mais cela sonnait un peu trop féminin, alors on a trouvé Joël. Parce que Joël, ça ressemblait à Joie. Et c'est tout ce dont on avait besoin à l'époque. De joie.

Le regard brillant, il esquisse un sourire, qui s'éteint presque aussitôt.

— Un symbole que quelqu'un vient d'écraser d'un coup de semelle. Je veux un responsable, inspecteur, un coupable.

— Je le trouverai, dis-je.

— Pour ma part, j'ai décidé de rendre hommage à Joël à ma manière avec un monument sur la place.

Nous nous tournons tous les trois vers la fenêtre. À travers le carreau, on peut voir les deux ouvriers agenouillés avec leur éternelle cigarette au coin des lèvres. Ils ont déjà élevé un socle de briques d'un bon mètre de hauteur.

— Je n'aurais jamais pensé voir cela de mon vivant. Je ne parle pas du monument, mais de cette horreur…

Il se tourne à nouveau vers moi, les yeux plus humides et rouges encore. Basile Boniteau a vraiment l'air touché par le meurtre de son petit protégé. Je lis sur son visage, et dans son langage corporel, un sentiment sincère, fort, poignant.

— Pourquoi avoir demandé à madame la procureur que cette affaire reste secrète, monsieur le maire ? Elle a insisté là-dessus sans m'en donner les raisons.

— Je ne les lui ai pas données moi-même. Vous avez visité l'usine, à ce qu'on m'a rapporté.

— Vous êtes bien informé.

— Jusqu'à il y a à peine un an, ce que vous avez vu était une ferme de production laitière, mise en marche par votre serviteur en 1940, j'avais alors vingt ans. Trois cent cinquante vaches, qui donnaient plus de sept mille litres au quotidien. Je faisais du beurre avec. Mais le lait et le beurre sont des produits fragiles. Trop délicats pour les transports. Ça tourne vite. On se retrouve avec beaucoup de pertes. J'ai voulu passer à quelque chose de plus fiable. La confiture. C'est en regardant, un jour, mes vaches brouter l'herbe rouge de La Souterrane, derrière l'usine, que j'ai eu l'idée. Vous savez que je pensais qu'il allait leur sortir du lait rouge à bouffer cette herbe-là ? (Il rigole.) Du jour au lendemain, donc, j'ai vendu mes vaches et j'ai acheté du matériel et des fruits aux exploitants locaux. Je fais travailler tous les agriculteurs de la région. Avec la récente création des supermarchés, j'ai senti le filon. Dans la vie, il faut toujours être le premier, celui que les autres suivront. Je peux vous dire que j'ai déjà doublé mon chiffre d'affaires et que les gains vont en augmentant. Dans quelques années, vous verrez des supermarchés partout, et des pots de confiture Boniteau sur les étagères de ces supermarchés. Je serai le roi du petit déjeuner. Alors, vous vous souviendrez de moi et de cette première usine à P. Et vous pourrez dire que vous m'avez serré la main.

Il sourit et lève la tête, fier comme un coq. Bien que son air supérieur puisse se révéler insupportable par moments, je trouve cet homme maladroitement touchant, démuni. Il a les manières d'un enfant qui se glorifierait de petites choses insignifiantes auxquelles lui seul donnerait de l'importance. Qui suis-je pour le rabaisser à notre niveau, celui des humains ? Qu'il vole ! Qu'il vole au-dessus de nous et souhaitons-lui qu'il ne se brûle jamais les ailes comme Icare.

— Vous n'avez pas répondu à ma question, monsieur le maire.

— Bien sûr que j'y ai répondu ! Vous imaginez, si les gens savaient qu'on a retrouvé un… enfin, vous voyez… dans une de mes cuves ? Les gens penseraient que c'est comme ça que je fais ma confiture de fraise ! Les gens n'ont aucune imagination. Ou trop, au contraire. En tout cas, ce ne serait pas la meilleure publicité, vous en conviendrez. Voilà pourquoi j'en appelle à votre discrétion. Le linge sale se lave en famille, inspecteur.

— Je ne suis pas de la famille.

— Ici, c'est moi qui décide qui est de la famille et qui ne l'est pas. Et vous l'êtes.

— Si je comprends bien, l'orage de dimanche et la détérioration des lignes téléphoniques sont bien tombés.

Il hésite, semble soudain gêné, puis reprend d'un air grave :

— Je ne pense pas que quelqu'un du village serait assez… suicidaire pour ébruiter ce qui s'est passé, je dis suicidaire parce que la grande majorité des habitants de P. travaillent chez moi, et personne ne veut se retrouver à la rue parce que l'usine a fermé. Alors ce n'est pas moi qui vais me plaindre du fait que l'on soit un peu reclus du monde ces jours-ci.

Il lève à nouveau les mains en l'air.

Il n'est nul besoin d'une armée de psychologues pour déchiffrer son langage corporel, expansif. Il ment maintenant. Sur quoi ? Je ne sais pas encore. Mais il ment. L'embarras que provoque le mensonge chez celui qui en est coupable, la peur d'être démasqué entraînent une activité gestuelle importante. C'est proportionnel, plus on bouge en parlant et plus on ment.

— Si vous vouliez être si discret, et je vais être très clair, pourquoi ne pas avoir directement étouffé l'affaire ? C'est illégal, mais vous n'êtes pas à une irrégularité près, sans vouloir vous offenser, monsieur le maire, et si j'ai bien compris comment l'on procède à la campagne. Alors, pourquoi avoir demandé à madame la procureur de M. d'envoyer un enquêteur ?

— Je vous l'ai dit, je veux un coupable, je veux que justice soit faite, je ne dormirai pas avant cela. Je veux que nous puissions entamer notre deuil. Je le désire pour moi, pour Joël, pour P., mais sans publicité inutile, il s'entend. J'espère que nous nous comprenons.

— Très bien. Pour revenir à Joël, lui connaissiez-vous des ennemis ?

J'ouvre mon calepin, prêt à écrire.

— Des ennemis ? Sacrebleu, non ! Qui pourrait être assez lâche pour s'en prendre à un être sans défense ?

— Le monde est plein de lâches, monsieur le maire, plus que d'êtres courageux… Ces derniers jours, avez-vous remarqué la présence d'un étranger à P. ?

— Un étranger ? Vous voulez dire un Algérien ?

— Jusqu'à preuve du contraire, les Algériens sont français.

— Peut-être plus pour longtemps, précise le garde champêtre, qui intervient pour la première fois. Avec la guerre et le bordel qu'il se passe là-bas en ce moment…

— Par étranger, j'entendais plutôt quelqu'un qui ne serait pas du coin. Quelqu'un de passage. Quelqu'un comme…

— Vous ! s'exclame-t-il en haussant les sourcils et les bras de manière théâtrale.

Je souris.

— C'est ça, monsieur le maire, comme moi. Mais qui serait arrivé dimanche dernier ou juste avant. Félicien Nazarian est persuadé que le meurtrier vient d'ailleurs, qu'il ne vient pas de P.

(Lettre 1, Annexe 3, transcription des bandes 1 et 2 : « Celui qui a tué mon Joël est forcément venu d'ailleurs. Pourquoi il a fait ça ? Je n'en sais rien. Mais ce n'est sûrement pas quelqu'un d'ici. »)

Il se gratte le menton d'un air pensif.

— Je serais tenté d'aller dans son sens, dit-il en dodelinant de la tête. Mais vous savez, à bien y réfléchir, on ne connaît jamais les gens. Tenez, prenez Alfonse, un gars d'ici, un militaire qui travaillait dans la marine française. Il passait six mois au village et six mois en mer. Un type gentil, un peu timide, toujours prêt à rendre service, vous lui auriez donné le bon Dieu sans confession. Eh bien, quand il est mort, on a appris par son testament qu'il menait en réalité une double vie. Celle qu'il avait à P. avec Marceline et leurs deux enfants, et celle qu'il avait à B., avec une certaine Ingrid et leur fils ! Il n'avait jamais été ni marin ni militaire. Il alternait six mois dans une famille et six mois dans l'autre ! Donc, vous savez, je ne mettrais plus ma main à couper pour mes propres électeurs. En tout cas, pour répondre à votre question, pas vu d'étranger ces derniers temps.

— Les initiales BT vous disent-elles quelque chose ?

Le maire lève les yeux vers le plafond en murmurant, semble passer mentalement en revue la liste des habitants de P., comme l'a fait le garde champêtre hier après-midi, face à l'arbre au cœur.

— B, ça pourrait être Bernard, mais il s'appelle Bernard Delamare, donc pas de T. Ou Bernadette, mais son nom de famille est Giroud, pas de T non plus. Non, je ne vois pas. Désolé.

— Le cadavre de Joël a été découvert lundi matin à la prise de travail. L'heure du décès remontant au dimanche à 23 h 30, nous avons de bonnes raisons de penser qu'il a été transporté sur les lieux après minuit, en comptant le… démembrement et le trajet, entre 1 h 30 et 6 heures du matin donc, car après, c'était un peu trop risqué, je pense. Qui a les clefs de votre usine ?

— Moi, bien sûr, et mon contremaître.

— Personne d'autre ?

— Non.

Un élan de joie m'envahit.

— Il n'y avait pas de traces d'effraction ? je demande au garde champêtre.

— Non.

— Ni serrure forcée, ni fenêtre endommagée ?

— Rien du tout, répond-il, sûr de lui. J'ai vérifié personnellement.

— Je ne vois pas pourquoi ils auraient tout cassé, intervient le maire, étonné, je laisse toujours ouvert.

— Pardon ?

— C'était ouvert.

Toutes mes illusions s'évanouissent.

— Tout le monde aurait pu entrer, donc ?

— Oui, tout le monde. Je sais, cela peut surprendre quelqu'un de la ville, mais ici, à P., que voulez-vous qu'il arrive ? On se connaît tous. Il n'y a pas de voleurs… Nous n'avons jamais eu à déplorer le moindre incident.

— Qui savait ?

— Quoi ?

— Que vous ne fermez jamais l'usine.

— Euh… je ne sais pas. La majorité des employés, j'imagine.

— Et comme vous l'a dit monsieur le maire, l'usine de confiture emploie une grande partie des habitants de P., ce qui signifie que quasiment tout P. le sait…, précise le garde champêtre.

— Je comprends. Serait-il tout de même possible de me fournir une liste de vos travailleurs, monsieur le maire ? On ne sait jamais.

— Bien sûr. Je vous demande cela tout de suite.

— Dans cette affaire, la liste des suspects est illimitée, dis-je à Provincio, alors que nous repartons. Tout le monde aurait pu entrer sur la propriété de Félicien Nazarian et enlever Joël, ou le convaincre de le suivre, tout le monde peut se procurer du Torrox, tout le monde a une scie chez soi, ou presque, tout le monde peut avoir de la terre ou des fleurs sous les semelles de ses bottes, tout le monde pouvait entrer dans cette usine… Et pourtant, une seule personne l'a fait, chef, et il nous incombe de trouver qui. Au plus vite.

Tribunal de grande instance de M.
1, rue Condorcet
M.

Mercredi 19 juillet 1961

Monsieur l'officier de police,

J'ai bien reçu votre première lettre ce jour à 14 heures, que j'ai lue avec attention, avant de m'empresser de vous répondre.

Je suis heureuse que la communication entre nous ne prenne qu'une demi-journée (si j'envoie ce courrier avant 15 heures, on m'a assuré que vous l'auriez ce soir !). Je me réjouis également de votre achat de ce merveilleux magnétophone portable qui me donne l'impression d'être avec vous à P. Vous serez mes yeux et mes oreilles sur le terrain. Si les rapports et procès-verbaux des autres policiers et gardes champêtres étaient aussi précis que les vôtres, je ne doute pas que l'efficacité des forces de l'ordre et la réponse au crime dans notre pays s'en verraient nettement améliorées. Je passerai le mot à notre nouveau ministre de l'Intérieur, M. Roger Frey, afin de penser à une dotation collective d'enregistreurs à bande pour nos agents.

En ce qui concerne votre âge, je ne suis pas étonnée que le chef Provincio vous prodigue une forme particulière de respect. Vos références sont excellentes et votre aplomb, des meilleurs. Quant à l'expérience, au risque de friser la tautologie, elle viendra, comme on l'attend d'elle, avec le temps. Et croyez-moi, vous n'avez pas à rougir de votre jeunesse, loin de là. Provincio l'a compris et vous envie, il vaut mieux être inspecteur de police à vingt-quatre ans à la police judiciaire que garde champêtre à quarante dans un obscur village dont nous ne connaissions, ni vous ni moi, l'existence il y a encore trois jours. Cela augure de grandes et belles choses pour votre avenir, je ne me fais guère de souci pour vous.

Je partage votre étonnement quant à l'autopsie et l'enterrement expéditifs et illégaux du cadavre de Joël. Je n'ai jamais rien ordonné de la sorte. Et croyez bien que si j'en avais été avisée, j'aurais empêché que tout cela se produise. J'ignorais qu'il existait un code de procédure pénale des campagnes ! On croit rêver ! Quoi qu'il en soit, si vous êtes satisfait des résultats de l'autopsie « illégale » réalisée par le docteur Bonnin, restons-en là, je ne vois guère l'intérêt d'exhumer le corps et de vous mettre tout le village à dos (ils seraient capables de vous courir après avec leurs fourches...).

À vrai dire, voilà comment tout a commencé. J'ai reçu un coup de fil lundi midi de M. Basile Boniteau, maire de P. (village que je ne connaissais pas mais qui, après recherche, entre dans notre juridiction), m'avisant qu'un « horrible meurtre d'une violence inouïe » y avait été commis et que l'on avait « découvert le matin même un cadavre découpé et emballé dans huit sacs en papier des Galeries Lafayette ». Rien de plus. Ce que vous pensiez être mes mots ne sont en réalité que ceux de cet homme. Face à la gravité des faits, je me suis aussitôt saisie de l'affaire et j'ai ouvert une enquête de flagrance. L'élu local m'ayant demandé une discrétion absolue (sans m'en donner toutefois les raisons), je vous ai appelé dans la foulée et vous avez pris le premier train le lendemain. Je ne vous cacherai pas que c'est lui qui, ayant entendu, je ne sais par quel biais cependant, parler de vos prouesses (les quelques enquêtes que vous avez menées jusqu'à présent ont été un succès), a insisté pour que ce soit vous qui ayez l'affaire si jamais je saisissais la police judiciaire. « On m'a parlé d'un jeune et brillant policier, m'a-t-il dit au téléphone. J'aimerais que vous fassiez tout ce qui est en votre pouvoir pour que ce soit lui qui soit dépêché. » Vous voyez, vous êtes déjà célèbre !

Pour en revenir à l'enterrement et l'autopsie prématurés, cela ne facilite pas notre travail mais je suis sûre que vous viendrez à bout des difficultés que vous pourrez rencontrer pendant votre investigation. Vous en avez vu d'autres et vous en verrez d'autres ! Bien que jeune, vous n'êtes pas un dilettante. Pensez que la guillotine attend, ainsi que la justice. Je ne crois pas à de la malveillance, simplement que, comme on ne cesse de vous le répéter, la campagne vit à un autre rythme. C'est la raison pour laquelle j'ai préféré saisir la police judiciaire de notre grande ville pour cette affaire (et plus précisément vous, sur le conseil de M. Boniteau) au lieu de laisser agir les autorités locales. Chose dont je me réjouis si, comme je l'ai compris, elles ne se personnifient qu'en la figure du garde champêtre chef Jean-Charles Provincio (qui s'affranchit des règles les plus élémentaires du code de la route en n'usant même pas de son clignotant pour tourner...). Bien que j'aime beaucoup cette idée d'une « police des fleurs, des arbres et des forêts », très poétique je le reconnais, je ne crois guère en son efficacité pour résoudre cette affaire majeure. Je mets donc toute ma confiance en vous.

J'ai bien ri à votre blague sur le médecin légiste, généraliste, vétérinaire : « Pourvu qu'il ne confonde pas ses patients. » Je la ressortirai à l'occasion. Mais, si vous me permettez, pour votre information, car il est bon de toujours se coucher en ayant appris quelque chose, un médecin peut travailler comme vétérinaire. Jamais le contraire (ce qui me rassure un peu, je dois bien le dire). Votre docteur Bonnin est donc, et nous l'espérons tous, bien docteur avant d'être vétérinaire.

Cependant, il y a des choses qui me font moins rire :

Le laxisme du chef Provincio, par exemple. S'il était au courant des sévices perpétrés sur la personne de Joël (avez-vous découvert son nom de famille ? C'est un peu agaçant de parler de lui comme si c'était un vieux cousin) et qu'il n'a pas agi, il tombera sous le coup de la loi, soyez-en sûr. Non-assistance à personne en danger, avec la circonstance aggravante de sa condition de dépositaire de l'autorité publique.

Quant à Félicien Nazarian, je n'entreprendrai pas de poursuites pour mauvais traitements si vous prouvez avant la fin de la semaine qu'il est coupable du meurtre de Joël. C'est la marge de manœuvre maximale que je pourrai vous laisser avant d'activer l'action du ministère public à son encontre.

Bien, au vu de votre rapport, excellent, voici une piste pour diriger votre enquête :

– Les sacs en papier dans lesquels ont été emballées les différentes parties du cadavre de Joël, comme vous n'êtes pas sans savoir, proviennent des Galeries Lafayette. Or les sacs évoluent avec le temps. Avant, ils n'existaient pas, nos mères allaient faire le marché avec leurs paniers en osier. Puis les sacs en papier individuels sont apparus. Nous venons à peine de passer aux sachets en plastique avec la naissance du supermarché (fort pratiques, ma foi, car ils ne se déchirent pas comme le papier lorsqu'ils contiennent des produits humides). Si vous m'envoyez un des sacs utilisés, je réquisitionnerai les grands magasins afin qu'ils me donnent la date de début de mise en circulation de ce modèle-là. Lorsque nous aurons leur réponse, vous pourrez enquêter afin de savoir qui a pu se rendre à Paris, où ils ont ouvert leurs portes (ainsi qu'à Casablanca, au Maroc, depuis peu), à partir de la période donnée.

Pour distraire votre soirée, et compléter votre culture générale, sachez que les Galeries Lafayette sont le deuxième monument de Paris le plus visité après la tour Eiffel ! Escale obligée des grands de ce monde, y ont défilé la duchesse de Windsor et, en mars de l'année dernière, en pleine guerre froide, Mme Khrouchtchev en personne ! En voyant les escalators, elle se serait exclamée : « C'est comme le métro de Moscou ! » La Grande Exposition étrangère de cette année a pour thème les États-Unis. Je vous offrirai un billet de train pour que vous puissiez aller y jeter un coup d'œil quand vous en aurez terminé avec cette enquête.

Enfin, tout cela pour vous dire que s'il avait en sa possession au moins huit sacs des Galeries Lafayette, des grands, en plus, comme vous le précisez dans votre Annexe 2, taille « manteaux », cela signifie que le meurtrier :

1) possède un bon niveau de vie. Huit gros sacs, c'est huit gros achats ! Sans compter qu'il en avait peut-être plus, et ce Félicien Nazarian semble avoir un bon train de vie.

2) s'est déjà rendu à la capitale. (Nazarian a-t-il déjà visité Paris ?) Pas commun pour quelqu'un habitant dans un tout petit village perdu au fin fond de la France, vous ne trouvez pas ?

PS : Découvrez qui est le ou la *W* du mouchoir du chef Provincio. Le suspense est insoutenable !

La procureur de la République

Hôtel Au Bon Repos
Chambre 16
193, route départementale de P.
P.

Mercredi 19 juillet 1961 (suite)

Madame la procureur de la République de M.,

Je commence à m'habituer, et à trouver un certain plaisir, à vous écrire chaque soir. Je me sens moins seul, d'une certaine façon. Surtout que la communication se fait maintenant dans les deux sens. Quelle surprise, en effet, de recevoir votre missive en rentrant à l'hôtel, et quelle joie de me dire que mon travail de transcription des bandes, quelquefois assez laborieux, je dois bien l'avouer, n'est pas vain !

Où en étais-je resté ? Ah oui, ma conversation avec le maire. J'ai consulté la liste qu'il m'a remise des employés actuels de son usine (soixante-huit personnes, tout de même) et n'y ai reconnu aucun nom, excepté ceux de Josette Chaix (« Josy »), Claude

Lothy, Mario Pinzzo et René Martin, bien entendu. Si ce n'est quelques conjectures fantaisistes et inutiles qui m'ont occupé un instant en prenant un café (65 % sont des femmes, 6 % ont un nom de famille commençant par la lettre C), je n'en ai rien tiré. Je laisse donc cette piste de côté pour le moment.

En sortant de la mairie, j'ai fait part au garde champêtre de mon souhait d'acheter des fleurs. Comme vous l'imaginerez aisément, mon objectif était double. Auditionner la fleuriste au sujet des gaillardes (Annexe 3) et acheter quelques chrysanthèmes (je suis reparti avec des roses !) pour la visite que je me disposais à rendre plus tard à la tombe de Joël au cimetière, animé, je dois bien le dire, à la fois par le respect et la curiosité. À défaut de l'avoir rencontré, ne fût-ce que durant l'autopsie, je pensais que ce serait une bonne chose de voir où il repose maintenant. Bien m'en a pris, car j'y ai fait deux rencontres fort intéressantes. Veuillez les trouver dans les Annexes 4 et 5.

PS : J'ai demandé, assez adroitement je pense, le prénom du père et de la mère de Jean-Charles Provincio. Louis et Louisette (cela ne s'invente pas). Aucun n'est donc le *W* de son mouchoir en dentelle. Le mystère demeure.

(à suivre)

Annexe 3 de la lettre 2
Transcription commentée de la bande 3

Audition de la fleuriste

La boutique À fleur de pot se situe au 13, rue de la Pierre-Blanche. Une clochette pendue au-dessus de la porte annonce mon arrivée et, avant même que j'aie le temps d'embrasser toute la pièce d'un seul regard, la fleuriste, une jolie jeune femme blonde d'une trentaine d'années qui m'accueille avec un sourire, me demande ce que je désire. Elle est vêtue d'une jupe kilt écossaise à carreaux verts, d'un haut rouge sans manches et de sandalettes en cuir noir. Elle a de tout petits poignets auxquels je ne peux m'empêcher d'attribuer une extrême fragilité. C'est d'une délicatesse folle. J'avoue être subjugué par les femmes de caractère aux poignets menus. J'y vois là comme un talon d'Achille qui devient, par là même, le mien.

— Je suis l'officier de police chargé de l'affaire Joël.

Elle a l'air surprise.

— Je m'attendais à quelqu'un de plus… âgé.

Apparemment, c'est la seule qui ne soit pas au courant.

— Tous les autres fonctionnaires sont morts de vieillesse, il ne restait plus que moi.

Elle éclate de rire. Puis reprend un air sérieux.

— Je crains de ne vous être d'aucune aide. Je ne connaissais pas Joël. Je crois ne l'avoir jamais vu. Il vivait chez Félicien, or je ne vais jamais de ce côté-là.

— Eh bien, voilà qui est dit, mais vous ne vous débarrasserez pas de moi aussi vite.

— Ce n'était pas mon intention, dit-elle avec une pointe de malice dans le regard. Bien au contraire…

— Vous ne l'avez jamais vu à la fête du village ? Je sais que Joël et M. Nazarian venaient passer la journée à P. pour l'occasion.

— Je ne vais jamais aux fêtes. Je vais vous avouer quelque chose, inspecteur. Je préfère les fleurs aux gens.

— Alors, parlons fleurs. Lundi dernier, le garde champêtre chef Provincio est passé vous poser quelques questions concernant une fleur que l'on recherche activement et que nous avons maintenant identifiée.

Je sors la feuille de papier arrachée du traité de botanique et la lui tends.

— Un policier qui s'intéresse aux fleurs…, me dit-elle sans daigner prêter attention à la planche. Cela ne manque pas de charme, ajoute-t-elle sur le ton du flirt.

— Disons que ce séjour à la campagne réveille mon côté bucolique.

Elle sourit puis porte enfin son regard sur le dessin.

— Des *Gaillardia clemens*, lit-elle, avant de relever la tête. Oui, je me rappelle que Jean-Charles est venu me voir avec un bout de fleur, mais je n'ai pas su l'identifier. Mea culpa. (Elle revient à la planche.) Je n'ai jamais vu cette variété de gaillardes, assez exceptionnelle, je dois dire.

Les fleuristes ne sont-ils pas censés tout savoir en matière de… fleurs ? Je jette un coup d'œil autour de nous. Nous sommes entourés de plantes et de couleurs. Du bleu, du violet, du orange, du vert. Il y en a bien des jaunes et des rouges, mais aucune ne combinant les deux teintes sur un même pétale.

— Il y a des milliers d'espèces dans le monde, dit-elle, comme si elle avait lu dans mes pensées. Vous connaissez tous les criminels de la Terre, inspecteur ?

— Non, mais j'en connais un bon paquet.

— Eh bien, moi, c'est pareil, des fleurs, j'en connais un bon paquet… Mais pas celle-ci.

— Pouvez-vous me donner votre nom ? je demande en sortant mon calepin.

— Elvire Puget, avec un *g* et un *t*.

— Cultivez-vous vous-même vos fleurs, madame Puget avec un *g* et un *t* ?

— Mademoiselle, répond-elle en souriant, moins par souci de précision que pour m'indiquer qu'elle est célibataire, cela s'entend. Et vous pouvez m'appeler Elvire. Ça dépend. J'en cultive et j'en ramasse. Je fais de longues promenades dans les bois. On a la chance d'avoir un paysage exceptionnel alors j'en profite, autant professionnellement que personnellement. C'est apaisant. Vous pourriez m'accompagner un jour, je vous montrerais des choses que vous n'avez jamais vues, inspecteur, une manière de me rattraper de ne pas avoir pu répondre à vos questions…

Elle prononce ces derniers mots de façon langoureuse.

— De par ma profession, je peux me vanter d'avoir déjà vu pas mal de curiosités. Pourrais-je jeter un œil sur l'endroit où vous faites pousser vos fleurs ?

Elle a l'air gênée tout à coup.

— Inspecteur, je ne crois pas que…

— Madame Puget, sans vouloir vous assommer de questions d'ordre juridique, la loi française me permet de procéder sur-le-champ à une perquisition de votre petit jardin secret. Votre consentement n'est même pas nécessaire, j'assène en souriant.

Le charme opère aussitôt.

— Suivez-moi.

Elle pousse une porte derrière le comptoir, qui donne sur un couloir assez sombre. Elle ne prend même pas la peine d'allumer, elle connaît l'endroit par cœur. Je la suis, avec plus de précautions, effleurant de ma main droite le pan de ma veste sous lequel pend mon MAC 50 dans son holster en cuir, juste pour me rassurer. Nous débouchons bientôt dans un patio aménagé en pépinière. Des rangées de bacs remplis de terre et de fleurs s'étendent devant nous. Des arrosoirs de diverses tailles jonchent le sol. C'est un festival de couleurs. D'odeurs, aussi, entêtantes.

— Voilà, dit-elle.

Je longe les allées en observant chaque plant, caressant les feuilles de la pointe de mes doigts, jetant quelquefois un coup d'œil à la page du traité de botanique que je tiens dans l'autre main. La fleuriste m'observe, nerveuse. Parce qu'elle a quelque chose à se reprocher ? Parce qu'elle ne supporte pas qu'un intrus vienne toucher ses plantes ?

— Vous êtes satisfait ?

— À vrai dire, non, j'aurais préféré y trouver des *Gaillardia clemens*, dis-je en me retournant vers elle avec un grand sourire.

— Cela aurait voulu dire que je vous ai menti… À vous et à Jean-Charles. Ce n'est pas mon style. Je suis plutôt quelqu'un de sincère, de… transparent.

Tout en disant cela, elle s'est approchée de moi. Elle me dévore du regard.

— Je veux dire, on peut lire en moi comme dans un livre. Quand j'aime quelqu'un, cela se voit de suite.

Gêné, et désirant rester concentré sur l'objet de ma visite, je jette un coup d'œil autour de moi et tombe sur un coin du patio que l'on a pris soin de recouvrir d'une bâche en plastique à la manière d'une serre. Au travers, j'aperçois des plantes.

— Qu'est-ce là ? je demande en faisant un pas de côté pour mettre un peu de distance entre nous.

— Des *Agathea*, une espèce assez fragile qu'il faut protéger en toutes circonstances.

— Je peux ?

Sans attendre de réponse, je tire la porte en plastique et passe la tête dans l'encadrement. Il y règne une atmosphère étouffante et humide. Difficile de rester là-dedans plus de quelques secondes. Surtout en veste de costume.

Même si je ne suis pas un expert en la matière, je note que la forme des fleurs est en tout point identique à celles que je recherche, mais leurs pétales sont d'un bleu violacé. Après tout, qu'est-ce qui ressemble le plus à une fleur qu'une autre fleur ? me dis-je en ressortant.

— Retournons dans la boutique.

Nous reprenons le couloir obscur. Cette fois-ci, c'est moi qui suis devant. L'air plus respirable du magasin et la lumière du jour nous accueillent. Je me dirige vers la porte d'entrée. Je peux voir, à travers la vitre, le garde champêtre dans la 4CV verte en train de s'éventer avec son képi. Il fait une chaleur de tous les diables. Où que l'on soit. Mes mains sont moites et je sens de grosses gouttes de sueur dégouliner le long de ma colonne vertébrale, sous ma chemise.

— Oh, j'oubliais, j'étais venu acheter des fleurs, dis-je en souriant. Pour une tombe. Des chrysanthèmes, je pense, je ne suis pas trop habitué à ces choses-là, je suis encore jeune.

— Si c'est pour Joël, je n'en ai plus. Vous n'êtes pas le premier, inspecteur. Tenez, mettez des roses, c'est beaucoup plus joli. Dans le langage des jardiniers, on dit : « Les plantes crèvent, mais les roses meurent… »

(Notes prises sur la feuille de journal dont Elvire Puget s'est servie pour emballer les roses et datées du mercredi 19 juillet 1961.)

Je ne dois pas me laisser charmer par une suspecte.

Je ne dois pas me laisser charmer par une suspecte.

Je devrais écrire cela cent fois, mille fois. Lorsque j'étais enfant, je scotchais plusieurs stylos ensemble afin d'écrire plusieurs lignes en même temps mais aujourd'hui je mérite de me soumettre honnêtement à la punition, car l'enjeu est de taille.

Mon Dieu, que m'arrive-t-il ? Impossible de ne pas penser au sourire d'Elvire, à ses yeux, sa peau, son air mutin, ses cheveux blonds, rebelles comme les hautes herbes, ses poignets délicats. Impossible d'oublier ce petit bout de femme d'un mètre soixante. Difficile de résister à ce culot, cette impétuosité, celle d'une rivière devenant cascade. Une rivière que rien ne retiendrait, qui oserait tout, déborderait de tous côtés. J'ai bien cru ne jamais y arriver. Rester professionnel, en toutes circonstances.

Je ne dois pas me laisser charmer par une suspecte.

Mais comment faire ?

Elle est la plus belle fleur de sa boutique, c'est indéniable.

Et, telle une abeille, me voilà maintenant prisonnier de ses sucs…

Annexe 4 de la lettre 2
Transcription commentée de la bande 4

Audition de la vieille dame aux marguerites

(Changement de la bande magnétique : 4)

— Vous savez à quoi je pensais ?

— Non.

— Que c'est étrange que P. ait connu des orages d'une forte violence, qui ont engendré des dégâts considérables, quelques jours avant la naissance de Joël, en 1945, et le jour où il est mort, dimanche dernier, comme si sa vie avait été chose des dieux. Mais ce n'est peut-être qu'une coïncidence, après tout. Je suis plus athée qu'autre chose.

— C'est vrai, dit Jean-Charles Provincio, soudain songeur.

— Ce devait être un chaos pas possible lundi matin, non ? La découverte du corps de Joël, les dégâts de l'orage du dimanche…

— M'en parlez pas, inspecteur, répond le garde champêtre après avoir bu d'un trait son verre de bière. C'était la guerre à P. J'ai jamais été autant occupé que ce jour-là. Y a rien à faire pendant des mois et puis un matin, tout vous tombe dessus en même temps.

— C'est souvent le cas, dis-je en trempant mes lèvres dans le mien.

À cette heure-ci, nous sommes les deux seuls clients du bar. Une chanson de variété française passe en fond, à la radio. *La Valse à mille temps*, de Brel. Le gérant est en train de faire des mots croisés, appuyé sur son comptoir. À l'expression de son visage, je vois bien qu'il feint la concentration, mais en réalité, il ne perd pas une miette de notre conversation.

— Beaucoup de dégâts ?

— On a eu des inondations et des dommages sur des toitures et à l'intérieur des maisons, sans compter les arbres qui ont été arrachés et ont bloqué certains accès. J'ai appelé les brigades de gendarmerie de toute la commune pour savoir si on était les seuls. C'était partout pareil.

— J'imagine que monsieur le maire vous avait donné des instructions pour ne pas ébruiter la découverte du cadavre.

Il hoche la tête.

— « Ne parle que de l'orage », qu'il m'a dit.

— Je vois. À propos, je pensais que le téléphone était coupé.

— Le matin, il fonctionnait encore. La preuve, j'ai pu passer tous mes coups de fil. C'est l'après-midi que ça marchait plus. J'ai bien fait de l'utiliser le matin.

— Très intéressant ce que vous me dites là.

Le gérant relève la tête de manière imperceptible et jette un regard en notre direction, apparemment plus captivé par la tournure que prend notre échange que par sa grille de mots croisés. « Guette », en quatre lettres. É-P-I-E.

— Pourquoi, inspecteur ?

« Parce que je viens de comprendre maintenant pourquoi le maire mentait », pourrais-je répondre. Mais je préfère garder cela pour moi. Pour l'instant.

— Pour rien. Allons faire un petit tour au cimetière, dis-je en me levant. Il me faut déposer les roses que je viens d'acheter.

— C'est que j'aurais bien pris une autre bière.

— Nous sommes en service, chef.

— C'est vrai, j'ai plus l'habitude d'être en service, répond-il en haussant les épaules et en se levant à son tour.

Le cimetière de P. se trouve accolé à l'église, à la sortie ouest du village, c'est-à-dire celle opposée à la route départementale qui mène à mon hôtel. Il est cerné de cyprès, comme la plupart des cimetières français.

En marchant, seul, dans l'allée centrale, je jette un coup d'œil sur les tombes. C'est toujours très émouvant tous ces gens qui nous ont quittés, et qui sont pourtant toujours là, dans la terre, se rappelant à nous. Ce sont des étrangers pour moi, j'ai cependant l'impression de les connaître. Ils nous rappellent tous un vieil oncle, un cousin, une grand-mère que l'on a perdus. Ils nous rappellent la mort, aussi, qui est là et nous attend, plus ou moins patiente.

Je passe l'allée D. Joël se trouve en F8. Le cimetière est carré et divisé en lignes perpendiculaires, très bien organisé. Sur un axe, les lettres, sur l'autre, les chiffres. On se croirait dans une gigantesque bataille navale.

Au loin, je vois une femme déposer un bouquet, se relever et venir vers moi d'un pas lent. Je reconnais Martine Moinard, la voisine de Félicien, la femme aux chiens. Apparemment, elle n'a toujours pas remis sa robe de chambre à fleurs. Elle porte un survêtement gris, crasseux. Ses longs cheveux bruns tombent sur ses épaules. En me croisant, elle me sourit, tire une bouffée de sa Craven A, me regarde en silence et continue son chemin. C'est en arrivant devant la tombe de Joël que je me rends compte que c'est justement celle qu'elle vient de quitter, et sur laquelle elle a posé un bouquet de fleurs blanches. Pas achetées chez un fleuriste, comme les miennes, mais fraîchement cueillies et attachées avec une ficelle du genre de celle que l'on noue autour d'un gigot d'agneau. Il y a aussi plusieurs pots de chrysanthèmes.

La pierre tombale, une dalle en marbre noir d'un mètre carré, témoignant de la petitesse du corps (dû à son jeune âge) ou du démembrement, est ornée d'une inscription en lettres dorées : JOËL (1945-1961). Je m'incline et laisse mes roses.

— Si c'est pas malheureux..., dit une voix derrière moi.

Je me retourne et me relève. Une vieille dame au visage très ridé, habillée d'une robe orange à carreaux, avec un foulard rouge sur la tête dont s'échappent quelques cheveux blancs, me dévisage.

— Vous connaissiez le Joël ? me demande-t-elle.

— Non, madame, je suis...

— Il était si brave. Ça faisait longtemps que je ne l'avais pas vu. Je ne sors plus du village et le Félicien ne le laissait pas venir jusqu'ici. Il n'y a que durant la fête annuelle qu'il venait avec lui. On les entendait arriver de loin. Je sortais lui dire bonjour. Les vieux, on est comme ça, un rien anime notre journée... Les enfants défilaient dans les rues avec le Joël. Enfin, c'était du temps où il y avait des jeunes gens comme vous. Maintenant, il n'y a plus que des vieux. Ce village meurt à petit feu. Vous êtes venu avec Martine ?

— Martine ? Non, je…

— Je viens de la croiser et je pensais que vous l'accompagniez. Que vous étiez son…

Elle cligne de l'œil.

— Enfin, vous voyez, son amoureux.

— Oh non, madame, je ne…

— Quoique vous auriez plutôt l'âge d'être son fils… Je ne dis pas ça pour vous embêter, chacun fait bien ce qu'il veut. Mais son fils, oui, ça aurait très bien pu, vous lui ressemblez. Sauf que Martine n'a pas d'enfant.

Est-elle la seule à ne pas savoir qui je suis ?

— Madame, je suis de la police, dis-je en exhibant ma carte tricolore.

— Pas madame, se défend-elle en secouant la tête et en grimaçant comme si elle venait de croquer à pleines dents dans un citron. Mon mari est mort depuis longtemps. Marguerite, comme elles (elle me montre le bouquet de fleurs au cœur d'or et aux pétales blancs qu'elle tient dans ses doigts déformés par l'arthrite). On dit qu'elle est devenue folle par amour.

— Qui ça ?

— Martine. Si vous l'aviez vue quand elle est arrivée il y a vingt-cinq ans, elle était belle, rayonnante. Elle s'était perdue dans la montagne en cherchant la route de la mer et elle est tombée amoureuse de l'endroit. On dirait un conte de fées, n'est-ce pas ? Il se peut qu'il vous arrive la même chose. Le Félicien lui a laissé la maison qu'ils avaient en face de la leur, de l'autre côté de la route. Ça a tout de suite déplu à son épouse. Il faut la comprendre, une ravissante jeune fille qui s'installait en face de chez elle, dans une de ses propriétés. Les Nazarian n'en faisaient rien, mais quand même… vous connaissez la jalousie féminine. Martine était discrète. Au début, on ne la voyait jamais. Ça a duré plusieurs mois, on parlait d'une maladie mystérieuse, très contagieuse. La Muriel allait lui apporter ses repas qu'elle laissait sur le pas de la porte. On imaginait tous qu'elle était issue d'une grande famille, qu'elle avait de l'argent, parce qu'elle ne travaillait pas, elle avait laissé son poste à la mairie après seulement trois semaines. Et puis un jour, elle est réapparue. Timidement, mais aussi belle qu'avant. Elle venait au village le minimum, pour faire les courses, acheter le pain. Personne ne lui a jamais demandé ce qu'elle avait fait pendant tous ces mois. Elle était si discrète, je vous disais. Et puis un jour, elle a changé. Du tout au tout. On la voyait partout, à séduire les hommes, elle s'est mise à porter des jolis chapeaux. Qu'ils étaient beaux ! Tous les jours, elle en avait un nouveau. Elle n'était pas comme Madame de Rênal, qui « passait pour sotte aux yeux de *leurs* dames, parce que, sans nulle politique à l'égard de son mari, elle laissait échapper les plus belles occasions de se faire acheter de beaux chapeaux de Paris ». C'est dans *Le Rouge et le Noir*. J'étais l'institutrice de P., du temps où il y avait encore une école, tout cela ne nous rajeunit pas. Enfin, bref, Martine avait une tête à chapeau et je peux vous dire que tout le monde se retournait sur elle ici. Elle avait des airs de star de cinéma… Et elle a commencé à travailler à l'usine de production de lait Boniteau, parce que, avant les confitures, le maire faisait du lait et du beurre. Elle ne devait plus avoir d'argent. Tout le monde s'imaginait des histoires. Que ses riches parents lui avaient coupé les vivres parce qu'elle n'était plus jamais allée les voir, ou qu'elle avait dépensé toute sa fortune. Elle n'avait plus d'argent, mais elle était jolie. Et quand on est jolie, on n'a pas besoin d'argent, pas vrai ? Vous pouvez avoir tout ce que vous voulez… et elle l'a eu. Beaucoup de prétendants. Elle avait cinquante ans, alors on a dit que c'était la crise de la cinquantaine, mais moi j'ai bien pensé que c'était autre chose. Que ça venait d'une douleur, que quelque chose de dur s'était passé dans sa vie et qu'on ignorait. Enfin, ce n'était plus une midinette, mais elle avait autant de succès qu'une de vingt ans. Elle enchaînait les fiancés comme moi je change de bas. Et puis un jour, elle est redevenue comme avant, comme on l'avait connue. Secrète. Elle s'est éloignée des hommes. Des hommes qui font ça (elle indique la dalle en marbre). La voilà maintenant seule avec ses animaux et son horrible robe de chambre à fleurs.

— On dirait qu'elle a fait une croix sur la robe de chambre.

— Incroyable ! J'ai bien cru qu'on l'enterrerait avec !

Disant cela, la vieille dame s'incline et pose son bouquet de marguerites sur la tombe de Joël, à côté des miennes et de celles de Martine, puis elle se signe, tourne les talons et s'éloigne en soliloquant à voix basse sans même me dire au revoir. Comme si elle m'avait déjà oublié.

Annexe 5 de la lettre 2
Transcription commentée de la bande 4

Audition du curé

En sortant du cimetière, je fais signe au garde champêtre, resté dans la 4CV, que j'entre un instant dans l'église.

J'aime l'atmosphère qui règne dans ces lieux de culte. Une invitation aux sens, même pour le plus athée des hommes. Leurs tableaux et leurs statues, leur silence, leur odeur d'encens, leur fraîcheur en été et en hiver, la paix qui s'en dégage. L'endroit est désert, les bancs sont vides.

Soudain, un homme sorti de nulle part s'approche de moi. Il est vêtu d'un habit noir. À son cou, l'univoque bandelette blanche.

— Inspecteur, quelle joie de vous voir ici.

Il semble que je sois plus connu que le loup blanc à P.

— Mon père.

— Souhaitez-vous que je vous confesse ?

— À vrai dire, ce sont toujours les criminels qui le font devant moi.

Il sourit.

— Je voulais vous poser quelques questions.

— Oh, je vois, c'est donc moi qui devrai me confesser, dit-il sur le ton de la plaisanterie. Dans ce cas…

Il m'invite de la main à m'asseoir sur un banc.

— Joël venait-il à la messe ?

— À la messe ? Quelle drôle d'idée ! La rumeur court que vous posez de drôles de questions sur Joël, j'en ai maintenant confirmation, c'est tout à fait délicieux. À la messe ! (Il rigole puis reprend son sérieux.) J'allais voir Joël chez Félicien. On faisait de grandes balades ensemble dans les champs ou le long de la rivière. J'aimais sa compagnie, ça me changeait des hommes. Et de leurs péchés. J'ai toujours des bonbons sur moi. Il adorait les bonbons, surtout ceux au citron. Alors on partageait le paquet. Mais il en mangeait toujours plus que moi.

Il rigole.

— Vous le connaissiez donc bien.

— On peut dire cela, oui. Je lui lisais quelques extraits de la Bible quelquefois, en sachant pertinemment que je perdais mon temps. Mais si vous voulez mon avis, il était bien plus attentif que tous ces gens qui viennent à la messe le dimanche matin par habitude. Avant de finir au bar à se saouler. Chaque année, pour Noël, je prenais Joël pour jouer dans la crèche vivante. Félicien était d'accord. Je le couchais dans la paille avec les autres personnages. On préparait un spectacle. C'est la tradition ici. Les gens se battaient pour être Joseph ou Marie, je refusais du monde. Mais ça, c'était il y a longtemps. Ça fait quelques années déjà que Joël ne participait plus.

Fort heureusement, je pense. À seize ans, en pagne et couché sur un berceau de paille, Joël aurait fait un drôle de petit Jésus.

— C'est une tragédie ce qu'il vient d'arriver. Quelle horreur ! Comment peut-on faire des choses pareilles, dites-moi, inspecteur ?

— Je suis là pour le découvrir.

— Joël était gentil. C'est dur de savoir qu'un de mes paroissiens a commis cette atrocité.

— Vous pensez que c'est quelqu'un de P. ? je demande, quelque peu stupéfait par cette réponse directement à l'opposé de celle de Félicien Nazarian.

— J'aimerais vous répondre que non, je sais que nous sommes sur le chemin de la mer, qu'il serait bien facile pour un étranger de descendre du train, de tuer puis de remonter dans le suivant, mais avec quelle intention ? Non, ça ne peut être que quelqu'un d'ici. Le diable revêt parfois le plus banal des habits.

Il se signe et soupire.

— Joël vous a-t-il déjà confié qu'on lui voulait du mal ?

— Quelle idée ! Personne ne lui voulait de mal !

— Pourtant, son père adoptif le frappait.

— Son père adoptif ? répète-t-il en fronçant les sourcils.

— Félicien Nazarian.

— Oh ! s'exclame-t-il, semblant soudain comprendre de qui je parle, à moins que ce ne soit ce terme « père adoptif » qui l'ait troublé.

— Il lui donnait des coups de bâton, il l'attachait aussi.

— Cela ne fait pas de lui un criminel, pas vrai, inspecteur ?

Il lit la stupéfaction sur mon visage et reprend :

— Écoutez, je ne suis pas pour la violence, mon fils, mais l'éducation doit quelquefois passer par quelques coups de bâton. Regardez Notre-Seigneur, flagellé, torturé, cloué sur la croix pour nous autres pécheurs. Félicien n'est pas un mauvais bougre, je peux vous l'assurer. Il s'occupait très bien de Joël. Et il croit en Dieu.

— Si cela vous suffit, je réponds, décontenancé. Merci, mon père, je ne vais pas vous déranger plus longtemps.

— Désolé de ne pas pouvoir vous aider davantage.

— Vous n'êtes pas le seul. J'ai l'impression que personne ne peut m'aider dans ce village, ou ne le désire vraiment.

— Ne croyez pas cela. Tout le monde souhaite savoir ce qu'il s'est passé. Allez en paix, mon fils.

Il sourit, tourne les talons et repart s'enfermer dans la sacristie, me laissant consterné et immensément seul dans la nef.

Hôtel Au Bon Repos
Chambre 16
193, route départementale de P.
P.

Mercredi 19 juillet 1961 (suite et fin)

Madame la procureur de la République de M.,

Suis-je le seul à avoir l'impression d'être tombé chez les sauvages ? d'avoir franchi une frontière, d'avoir exploré, à la manière d'un nouveau Gulliver, un pays jusqu'alors inconnu, aux surprenantes coutumes ? Une île de barbares à deux petites heures de notre grande ville ?

Ces gens me sidèrent. Face à leurs réactions, ou plutôt à leur manque flagrant de réaction, j'ai l'impression de ramer à contre-courant dans une rivière déchaînée. Seule la voisine, Martine Moinard, semble sensée, alors que tous la trouvent folle. C'est à n'y rien comprendre et quelquefois j'en viens à penser que Joël est mieux maintenant, où qu'il soit, plutôt qu'au milieu de ces hommes, qu'il a réussi à leur échapper, d'une certaine manière. Sa vie à P. devait être un calvaire.

Cette mort, d'ailleurs, il l'a peut-être voulue, il l'a peut-être cherchée. À seize ans, on est sensible et impulsif, une question d'hormones. Peut-être Joël s'est-il suicidé, après tout. Il ne supportait plus sa vie, les coups, l'humiliation. Mais, si je l'imagine déjà difficilement en train de s'égorger lui-même avec une scie à métaux, il est du domaine de l'impossible et du fantasque qu'il se soit ensuite découpé en morceaux, réparti dans huit sacs, transporté jusqu'à l'usine de confiture et balancé dans un chaudron. Il est bien plus réaliste de penser qu'il s'est tué (de quelle manière ? je l'ignore) et que Félicien, en rentrant à la maison, l'a trouvé ainsi. Pris de panique à l'idée que l'on puisse lui mettre la mort du jeune homme sur le dos, il l'a démembré et jeté dans une cuve de cuisson pour le faire disparaître. Ce n'était pas la première fois que Joël fuguait, son explication aurait donc été crédible : « Joël est parti. » On ne le retrouverait jamais.

Mais voilà, il a commis une erreur en le jetant avec les sacs qui ont servi à le transporter. Et toute la machine s'est enrayée…

Au cours de ma carrière, j'ai rencontré des gens envieux, aigris, frustrés, des ambitieux, des sauvages, des psychopathes, des psychotiques, des névrosés, des voleurs, des toxicomanes, des menteurs, des escrocs, des aguicheurs, des aguicheuses, des joueurs, des trafiquants, des receleurs, des assassins, des criminels, des violeurs, des hommes qui battaient leur femme, leurs enfants, ce que l'humanité engendre de pire, mais jamais je n'ai vu ce que je vois dans ce village depuis hier, des gens qui traitent la violence d'une manière si banale, si quelconque.

Avez-vous entendu parler de ce bourg, Hautefaye, en Dordogne, où, pour un simple malentendu, un jeune aristocrate a été battu, torturé et tué par la population locale en 1870 dans la plus grande indifférence ? Le maire, avec tout le naturel du monde, aurait dit en voyant ce sordide spectacle : « Mangez-le si vous voulez ! » Et ils l'ont mangé… Je n'avais jamais trop cru à cette histoire. Jusqu'à aujourd'hui. J'ai pu toucher du doigt cette apathie collective et c'est effrayant. Les masses ont quelque chose de terrible. L'individu et l'humanité semblent se dissoudre dans ce magma qu'est la masse stupide des hommes. Peut-être est-il arrivé quelque chose de semblable à Joël, quelque chose de semblable à Hautefaye, je veux dire. Après tout, quelqu'un a désiré le transformer en confiture… Qui nous dit que notre (ou nos) assassin(s) n'a(ont) pas une forte inclination pour le cannibalisme ? Je frémis rien que d'écrire ces lignes.

Je me suis intéressé à la genèse de la violence. Vous ai-je déjà dit que j'ai fait des études de psychologie à M. ? Trois ans, bien plus que l'exigeaient les conditions d'admission pour me présenter au concours de police. En réalité, je voulais devenir psychologue ou professeur de psychologie. Deux, trois romans d'Agatha Christie lus à vingt et un ans ont changé la donne. Mais en regardant en arrière, je me dis que je n'ai pas perdu mon temps. Vous ne pouvez pas vous imaginer combien ces trois années ont été, et sont toujours, bénéfiques dans mon quotidien de policier.

Les origines de la violence, donc. Je ne sais plus quel philosophe a dit que l'homme bon est celui qui commet le mal seulement en rêve, en pensée. Je vous l'avoue, je n'ai pas toujours été cet homme bon que vous connaissez, mais l'enfance peut excuser bien des choses. Je me revois à l'âge de dix ans jouer avec des fourmis dans le jardin familial, leur arrachant une antenne et les regardant, à la fois intrigué et subjugué, se tordre en tous sens avant de leur ôter la seconde. Je pensais, avec toute l'innocence du monde, que ces deux fins appendices noirs n'étaient qu'un simple moyen de communication entre elles, rien de vital. Il fallait voir comme elles se les frottaient les unes contre les autres chaque fois qu'elles se croisaient en remontant de la fourmilière. Je n'ai jamais compris pourquoi elles mouraient dès que je les leur arrachais. Vous allez peut-être trouver cela barbare, mais qui n'a jamais tué une mouche, un moustique, une abeille ? Quel bébé n'écrase pas d'instinct un insecte ?

Vous voyez, il ne suffit pas de ne jamais avoir tué d'être humain pour être innocent et pur. Nous sommes tous, d'une façon ou d'une autre, corrompus. Certains plus que d'autres. Dans ce village, ils ne le sont que trop.

Je suis outré. Il y a un mépris total et flagrant pour l'école et l'éducation. L'ordonnance du 6 janvier 1959, signée par le président de Gaulle, a porté l'âge de fin de la scolarité obligatoire à seize ans, et non plus quatorze, comme c'était le cas auparavant. Or, d'après ce que j'ai compris, et même s'il avait seize ans passés (il est né en mai et nous sommes en juillet), Joël n'avait plus mis les pieds dans une école depuis bien longtemps. Il avait tout de « l'enfant sauvage », il n'était pas scolarisé, il traînait dans les champs, livré à lui-même, pieds nus ou en sabots, il dormait dehors… Voici le triste constat que je puis établir, à cette heure, des enfants de nos campagnes françaises : des enfants sauvages. En espérant que les prochains jours pourront démentir cette première mauvaise impression.

Je vous l'avoue, madame, tous ces gens me donnent froid dans le dos.

Je ne crois pas en Dieu, mais si Dieu existe, alors il a définitivement déserté P. Un maire corrompu et menteur, soumis à la seule loi du marché (vous comprendrez bientôt de quoi je parle). Un tuteur sauvage, Félicien Nazarian, qui maltraitait Joël (il n'est pas à écarter qu'il ait fini par le tuer, comme le suggère la voisine. En ce sens, je procéderai, dans les jours à venir, à une perquisition et à une deuxième audition du fermier à la lumière de ces nouveaux éléments). Elvire Puget, la fleuriste, qui, de façon étonnante, ne connaît ni la *Gaillardia clemens* ni Joël. Avouez que c'est un peu trop facile, non ? Sachant qu'elle est fleuriste et que l'une de nos meilleures pistes pour le moment est une fleur… que l'on cultive de main de maître et qui reste introuvable.

Ce ne sont pas les suspects qui manquent dans cette affaire. Même si c'est un minuscule village. Sans compter le type de passage qui roule sur la route, voit Joël, le fait monter dans sa voiture, lui donne un somnifère animal et le découpe en morceaux, avant de le laisser, par altruisme, dans l'usine de confiture la plus proche et de continuer sa route… N'en déplaise au curé, qui ne pense pas cela possible.

Tout le monde aurait pu tuer Joël. Et quand je dis tout le monde, je ne dis pas n'importe qui, non, je dis « tout le monde », dans son entièreté, tous, en même temps. Un crime collectif, pensé et opéré par l'ensemble du village, comme dans ce roman d'Agatha Christie où tous les voyageurs du train y ont été de leur coup de couteau… Trois cents coupables, donc, chacun pour ses raisons. Cela expliquerait peut-être pourquoi tous ces gens traitent cet horrible meurtre avec une telle nonchalance.

Joël était un enfant persécuté, battu, que l'on attachait quelquefois au bout d'une corde comme un animal, et je ne peux m'empêcher de penser à Platon : « La plus indomptable de toutes les bêtes sauvages est un jeune garçon » (*Les Lois*), mais tout de même ! Plus cette enquête avance, plus nous plongeons dans le sordide et plus je perds mes propres repères.

Car je ne peux me détacher complètement de tout cela, ayant moi-même été adopté à la naissance (ma mère biologique ayant accouché sous X). Bien heureusement adopté, ajouterais-je, vu ce dont est capable un père adoptif. Ce qui n'est pas lié par le sang ne devrait l'être que par un fort amour. Les parents adoptifs devraient aimer cent fois plus. En tout cas, pour moi, il en fut et il en est ainsi. Or je ne vois que malheur ici. Je mesure l'ironie du destin qui a voulu qu'un enfant adopté soit en charge de cette enquête sur le meurtre d'un autre enfant adopté, ce qui me lie quelque peu à Joël, que je vois, à la manière d'un reflet de miroir, comme un frère.

Enfin, je me pose encore et toujours les mêmes questions. Qui peut tuer un enfant, le démembrer et l'emballer dans des sacs ? Dans quel monde vivons-nous, madame la procureur ? Bien que je connaisse les processus de l'âme et de la psyché, jamais je ne m'y habituerai. On ne s'habitue pas.

Permettez-moi, le temps de quelques lignes, de laisser mon képi de côté et d'endosser ma blouse blanche de psychologue.

D'après mes souvenirs d'université, la séparation du tronc en deux parties (comme c'est le cas pour Joël) est très rare, contrairement à celle de la tête, des bras et des jambes. Je ne pense pas qu'elle ait été nécessaire dans notre affaire pour des raisons d'ordre pratique, à savoir transporter le corps dans le coffre d'une voiture (Joël était assez petit, selon les témoignages), à moins que le meurtrier ne soit un homme diminué, un vieillard, comme Félicien Nazarian, et qu'il ait été incapable de traîner le corps. Je ne pense pas non plus que nous soyons en présence d'un « démembrement pathologique ». Comme dans le cas d'un schizophrène qui mutilerait un cadavre parce qu'il est convaincu que le mal l'habite et qu'il doit l'en extirper pour le sauver (par exemple, cet homme qui a tué sa mère pour lui ouvrir le ventre où il pensait que le diable se cachait…).

Ces observations me plongent dans la plus grande perplexité, même si je ne suis pas sans savoir que des études de la police américaine ont montré que les meurtriers ayant coupé un tronc en deux sont souvent très proches de leur victime. Nous en revenons toujours à Félicien Nazarian, qui serait donc un coupable tout désigné.

Quoi qu'il en soit, vous pouvez compter sur moi pour élucider cette affaire avec célérité. Mon odorat est mis à rude épreuve depuis ce matin avec le purin que l'on jette dans les champs et je n'ai qu'une envie : repartir au plus vite respirer le bon air de la ville... Ma ville, habitée de gens normaux et de criminels ordinaires...

Très respectueusement,

L'officier de police

Jeudi

(Notes prises à 9 h 30 le jeudi 20 juillet 1961 sur une carte de restaurant de l'hôtel Au Bon Repos.)

J'ai fait un rêve étrange.

Je visitais l'usine de production et de mise en pots des confitures Boniteau à la lueur d'une petite lampe électrique. J'étais seul, il faisait nuit, aucun bruit ne venait perturber ma promenade. Je baladais le faisceau de lumière sur les murs gris en avançant à une vitesse lente mais régulière. J'ignore ce que je faisais là à cette heure tardive, et si je cherchais quelque chose. Soudain, un son qui me fit penser à des coups sur une paroi métallique résonna. Je dirigeai aussitôt le rond lumineux de la lampe sur ma droite, là où se trouvaient les cuves à cuisson. Quelqu'un semblait être enfermé à l'intérieur. Les coups se répétèrent, plus forts encore. Je m'approchai, tendant l'oreille afin de savoir d'où provenait précisément le bruit. Je passai en revue les cuves et m'arrêtai devant la numéro 4. Le tapage redoubla, accompagné cette fois de cris. D'abord des hurlements, qui devinrent bientôt de petits gémissements. Je collai mon oreille à la paroi et entendis une respiration altérée. Quelqu'un étouffait dedans.

Je montai quatre à quatre les marches et arrivai au sommet. J'ouvris la trappe et plongeai ma lampe à l'intérieur.

Un jeune garçon était accroupi au fond de la cuve, ses pieds nus trempaient dans de la confiture de fraise ou de framboise. Il avait les cheveux d'un noir corbeau, qui détonnaient avec sa peau pâle. De grandes oreilles blanchâtres s'en échappaient. Il était habillé d'un uniforme d'écolier : un bermuda en velours et un pull bleu marine. Il leva les yeux vers moi et me regarda d'un air suppliant, un air terrible. Il souffrait. Je pensai aussitôt qu'il avait dû se casser quelques os dans sa chute. Je lui tendis alors la main pour le hisser, mais la lumière de ma lanterne vacilla, déversant une lueur stroboscopique dans ces entrailles de métal. Elle clignota encore quelques secondes avant de s'éteindre complètement, nous plongeant, lui et moi, dans les ténèbres. Une peur sourde m'envahit. J'entendais le jeune homme pleurer. Je me surpris à lui dire que j'allais le sortir de là, mais je n'avais aucune idée de comment l'aider. Je n'y voyais plus rien.

En une seconde, je ne sais comment, je me retrouvai au fond de la cuve avec Joël, car c'était bien de Joël qu'il s'agissait. « Il a voulu me tuer, me dit-il en sanglotant. Il m'a enfermé là mais il va revenir.
— Qui ça, *il* ? » demandai-je.

La trappe de la cuve s'ouvrit alors au-dessus de nous dans un grincement effroyable et une tête apparut, illuminée par une lampe à huile d'époque. Un visage abominable. « Lui ! » dit l'enfant en le pointant du doigt.

À la lueur que projetait l'homme, je vis le visage émacié de Joël de près, avec plus de détails. Ce qui me surprit le plus furent les rides, sa peau flétrie. Joël était bien plus vieux que je ne l'avais pensé. Il ne paraissait pas seize ans, non, mais bien plus, peut-être soixante-dix ! Joël était un vieillard, d'une maigreur irréelle. Je sursautai. Il me regarda alors en souriant. Un sourire qui semblait lui coûter ses dernières forces. Tout effroi avait disparu de ses yeux. De ses vieux yeux cernés. Il semblait savoir quelque chose que j'ignorais.

Mes poils se hérissèrent sur mes bras. Mes pieds étaient trempés et je m'aperçus que ce que j'avais pris pour de la confiture de fraise ou de framboise était en réalité du sang. Des litres de sang frais. Mon cœur bondit dans ma poitrine.

« Ne vous approchez pas de lui ! cria la voix depuis en haut. C'est un assassin, je l'ai enfermé là parce qu'il est dangereux. » Joël m'observait en souriant. Je compris aussitôt que le danger était là, au fond de la cuve, à côté de moi, et non au-dessus. Il y avait quelque chose de diabolique dans le regard de l'enfant. Enfin, de cet enfant qui était vieux. « Prenez ma main », reprit l'homme en se penchant. D'instinct, je lui fis confiance. L'aspect physique de Joël et son sourire me glaçaient le sang. Je levai mon bras, agrippai l'avant-bras qui m'était tendu et fus immédiatement tiré vers le haut. L'homme avait une force incroyable.

Je me pensais sauvé lorsque je sentis les mains de Joël me retenir par la ceinture. Ses ongles acérés traversèrent ma chemise et se plantèrent dans le bas de mon dos comme autant de couteaux, me déchirant de douleur. « Anne, c'est moi ! hurla-t-il. Anne ! — Je ne suis pas Anne ! » criai-je, pendant que l'homme continuait de me tirer à lui. « Lâche-moi, Joël ! » J'étais sur le point d'être écartelé, démembré. Ils allaient finir par m'arracher les bras ou les jambes. Oui, c'était moi que l'on démembrait et non Joël. Je sentais ma peau se déchiqueter sous les ongles pointus de Joël, qui m'agrippait toujours plus fort en me suppliant de rester avec lui. L'enfant-vieillard avait une puissance colossale. « Anne, ma sœur Anne, ne vois-tu rien venir ? » demanda-t-il alors, mystérieusement, je ne sais à qui. Je connaissais cette phrase mais à cet instant-là, je fus bien incapable de me remémorer où je l'avais entendue ou lue. J'ignorai également la cohérence de cette formule dans de telles circonstances, mais c'est peut-être ce qui m'importait le moins car mes muscles étaient sur le point de lâcher, la douleur devenait intolérable. Elle fut bientôt si intense que je m'évanouis.

Lorsque je me réveillai, j'étais dans ma chambre d'hôtel, trempé de sueur, la respiration à tout rompre. Je restai un moment hébété à regarder le vide devant moi. Une fine lueur bleuâtre s'immisçait par les stries des volets. Je repris mon souffle en tentant de me convaincre que ce n'était qu'un simple cauchemar, que ce n'était pas la réalité. Mais la peur, terrible, subsistait. Je dus allumer la lampe de chevet afin de dissiper cette frayeur profonde et incontrôlée. Après cela, impossible de me rendormir.

Je suis à présent en train de prendre mon petit déjeuner. Je repasse dans mon esprit les images de ce songe et je m'interroge. Je crois en la fonction symbolique et révélatrice des rêves mais j'ignore ce qu'a voulu me dire mon inconscient. J'ignore même si ce cauchemar possède une quelconque signification. Ne cristallise-t-il pas plutôt toutes ces questions qui me hantent et que je tourne en permanence dans mon esprit ? Qui est cette Anne ? « Anne, ma sœur Anne, ne vois-tu rien venir ? » Je ne suis pas sans savoir que cette phrase est extraite du conte *La Barbe Bleue*, lorsque la jeune épouse que Barbe Bleue cherche à tuer interpelle sa sœur Anne perchée en haut de la tour à guetter l'arrivée de leurs frères. Est-ce que je ne vois rien venir parce que je suis aveugle, parce que la solution est évidente ? Qui est cet homme qui tentait de me sauver en me tendant la main ? Et qui, un peu plus tôt dans le même rêve, n'était autre que moi-même ? Et Joël ? Comment expliquer ses rides ? son apparence vieillie ? Est-il une projection de Félicien Nazarian ? Est-ce Nazarian que mon esprit voit avec les traits de Joël ? ou Joël avec ceux de Nazarian ?

Mon inconscient est-il en train de me dire que Félicien a tué Joël dans la cuve, l'a démembré, et que j'essaye maintenant de le sauver mais que j'en suis incapable ? Est-ce donc cela que cet horrible cauchemar a voulu me dire ? ou autre chose de bien plus terrible encore ?

Hôtel Au Bon Repos
Chambre 16
193, route départementale de P.
P.

Jeudi 20 juillet 1961

Madame la procureur de la République de M.,

« De mémoire de rose, il n'y a qu'un jardinier au monde. » Pour Joël, c'est évident, il s'agissait de Félicien Nazarian.

Par la présente, et comme annoncé dans ma lettre d'hier, je vous informe que j'effectuerai, dans le cadre de notre enquête de flagrance sur le meurtre de Joël X (nommons-le Joël Nazarian), une perquisition ce vendredi 21 juillet 1961 à 6 heures, heure légale, au domicile de Félicien Nazarian, tuteur putatif de Joël, sis 139, route départementale de P., chemin des Lavoirs, dans le but de trouver et, le cas échéant, de saisir, des éventuels indices (scie, somnifères Torrox, fleurs, sacs des Galeries Lafayette, etc.) visant à établir la vérité, que je vous ferai aussitôt parvenir par courrier urgent.

Je serai assisté du garde champêtre Jean-Charles Provincio (ayant, conformément au code de procédure pénale, qualité d'agent de police judiciaire adjoint), ainsi que du docteur Luc Bonnin, médecin généraliste-légiste-vétérinaire à P., qui procédera à des prélèvements d'éventuelles traces de sang de Joël dans le domicile comme dans les véhicules, puisqu'il s'avère que le corps a été transporté jusqu'à l'usine de production et de mise en pots des confitures Boniteau.

(à suivre)

Hôtel Au Bon Repos
Chambre 16
193, route départementale de P.
P.

Jeudi 20 juillet 1961 (suite)

Madame la procureur de la République de M.,

Troisième jour.

Première bonne nouvelle : le téléphone est maintenant utilisable sur certains points de la zone, à plusieurs dizaines de kilomètres d'ici, mais toujours pas à P., d'où cette lettre. Je vous avoue que je ne peux m'empêcher de penser que cette coupure n'est pas due à l'orage, aussi violent fût-il, mais qu'elle est en étroite relation avec le meurtre de Joël.

Deuxième bonne nouvelle : comme le prévoyait le chef Provincio, l'odeur de purin a totalement disparu (j'ai quand même dormi avec mon baume de Wuhan sous le nez).

Ce matin, au petit déjeuner (j'ai goûté la confiture de pêche, d'orange amère et de groseille, c'est une merveille !), je me suis entretenu avec un berger local qui m'a appris la présence d'un couple de gypaètes barbus dans les montagnes alentour. C'est une sorte de vautour géant plus communément appelé « casseur d'os », car il brise les os de ses proies avant de les manger. Cet oiseau est capable d'attraper une petite chèvre entre ses serres et de s'envoler avec elle. Une fois haut dans le ciel, il la lâche, afin que son squelette se brise cinquante mètres plus bas. C'est d'un sordide ! J'ai demandé au berger si un gypaète barbu aurait pu faire la même chose avec Joël. Il m'a affirmé que non. Joël aurait été bien trop lourd pour un vautour. Et dans le cas improbable où cela se serait passé ainsi, on aurait retrouvé le corps avec les os cassés dans une vallée, et non démembré à la scie à métaux dans une cuve de cuisson d'une usine de confiture ! Et puis un oiseau n'emballe pas ses proies dans des sacs des Galeries Lafayette, pourrait-on ajouter…

Sur vos instructions, je joins à cette lettre la « Pièce à conviction numéro 2 », pour que vous puissiez procéder à la datation des quelques sacs s'y trouvant scellés.

À ma grande surprise, le docteur Bonnin a avisé Provincio qu'il voulait me voir pour quelque chose d'important. De sa propre initiative, ce premier a demandé au gérant de la coopérative si quelqu'un avait récemment acheté du Torrox. Quelle brillante idée, vous ne trouvez pas ?

En Annexe 1, vous trouverez la conversation avec le médecin qui nous a menés tout droit au domicile d'un certain Edmond Rivières (Annexe 2), chez qui nous nous sommes transportés, j'allais dire « sirènes hurlantes », mais la voiture du chef Provincio n'en est pas équipée… En ce qui concerne son gyrophare orange, le garde champêtre m'a avoué qu'il ne s'en était jamais servi depuis qu'on le lui avait fourni (il y a de cela trois ans), il ne savait même pas s'il fonctionnait encore. Il fonctionne toujours !

Enfin, au bout du troisième jour, je m'aperçois que tout n'est pas que violence, horreur et haine dans ce village, mais que subsiste un peu d'amour. J'espère que vous serez aussi touchée que moi.

Bonne lecture !

(à suivre)

Annexe 1 de la lettre 3
Transcription commentée de la bande 4

2e audition du médecin légiste

Le médecin, qui nous reçoit après un vieillard avec une canne et un lumbago (« Au revoir, René, et n'oublie pas, le Bentonin, c'est deux fois par jour ! En prenant tes repas »), a l'air content de me voir.

— Entrez. Je suis vraiment ravi que vous preniez cette affaire à cœur, inspecteur.

— C'est bien normal.

— D'autres n'en auraient pas fait autant, croyez-moi, surtout venant de la ville. J'en connais qui pensent que l'on exagère, que Joël ne valait pas qu'on en fasse tout un foin. C'est la campagne, vous savez, nos petites affaires ne comptent pas beaucoup aux yeux des citadins, mais bon, Joël mérite quand même que la vérité soit mise au jour, non ? Ne serait-ce que pour nous, et par respect pour lui.

— Vous rigolez ? Ville ou campagne, ce qui est arrivé est une tragédie et je vous promets que je mettrai tous les moyens en œuvre pour retrouver le coupable. Quels étaient vos rapports avec la victime, au juste ?

— Joël ? C'est moi qui l'ai mis au monde. Cela crée forcément des liens. J'avais vingt-six ans à l'époque, j'assistais mon père, Alphonse (on l'appelait

Merlin parce qu'il avait une barbe blanche, je crois qu'il faisait tout pour entretenir le mythe). J'étais persuadé que la mère de Joël, Lydie, allait mourir en enfantant. J'ai eu si peur, c'était mon premier accouchement. Je voulais que tout soit parfait. Mais elle était si faible. Elle passait toutes ses journées à trimbaler de l'eau depuis la source. Elle a survécu. J'ai demandé qu'on la laisse tranquille. Qu'elle prenne un peu de repos bien mérité après ça. On dirait que Dieu a entendu ma prière parce qu'elle est morte une semaine plus tard. On l'a retrouvée au bord de la départementale avec ses deux seaux d'eau renversés à ses côtés. On ne m'avait pas écouté et longtemps je leur en ai voulu.

— Comment était Joël ?

— Vif. Il n'était pas comme les autres. Il a marché vite, malgré ses petites jambes. Il était craquant. Il avait les yeux bleus, aussi bleus que vous, inspecteur..., ce qui est assez exceptionnel. Un bleu intense. Vous étiez happé par son regard. Comme par le vôtre. Je passais le voir de temps en temps chez Félicien quand il tombait malade. Ce n'était jamais bien sérieux. Il était en bonne forme. Et puis, il a grandi.

« Il a grandi, je répète dans ma tête. Il a vieilli. » Et je repense aussitôt au cauchemar que j'ai fait cette nuit (un cauchemar assez troublant, madame la procureur, dans lequel je me trouvais enfermé avec un Joël vieilli et assassin dans une cuve à cuisson).

— Connaissez-vous une femme prénommée Anne ? je demande.

— Anne ? Désolé, cela ne me dit rien.

— À moi non plus, répond Provincio en secouant la tête.

— Pourquoi ? interroge le médecin.

— Pour rien, je réponds, honteux à l'idée de leur révéler que je tiens cela d'un simple rêve. À propos, vous vouliez me voir.

Il réajuste ses lunettes dorées sur la fine arête de son nez. Il semble soudain se souvenir de quelque chose.

— Eh bien, voilà, je me suis permis de mener moi aussi une petite enquête. Hier soir, en sortant d'ici, je me suis rendu à la coopérative, on y vend de tout, depuis le pain jusqu'aux piles, en passant par du somnifère pour animaux… et j'ai causé un petit moment avec Éric. Éric Clément, c'est le gérant.

— Vous m'avez devancé. J'avais prévu une petite visite. Éric Clément, dis-je en notant le nom dans mon calepin.

— Vous n'allez jamais me croire.

Je relève la tête. Le médecin affiche fierté et aplomb.

— Edmond a acheté du Torrox samedi dernier. La veille du meurtre…

— Qui est Edmond ?

— Edmond Rivières, c'est un célèbre viticulteur, répond le garde champêtre. Le plus important du coin. Le vin que vous buvez tous les jours chez Jacques, c'est lui. Le vin de la messe aussi.

Mon désarroi doit se lire sur mon visage car le médecin me demande aussitôt :

— Qu'y a-t-il ?

— Je ne voudrais pas jouer les rabat-joie, docteur, et je vous suis reconnaissant de l'intérêt que vous portez à cette enquête, cependant, je ne pense pas que cette information nous soit d'une quelconque utilité. Le Torrox est en vente libre à la coopérative, vous l'avez dit vous-même. Alors, que ce Edmond en ait acheté la veille ne prouve absolument rien. Notre assassin en avait peut-être acquis il y a un an, nous ne pouvons pas passer au crible tous les achats effectués sur plusieurs années, je…

— Au contraire, inspecteur ! riposte le vétérinaire avec un sourire complice, je pense que c'est au contraire une information capitale dans cette affaire.

— Capitale ?

— Bon Dieu ! s'exclame le chef Provincio, qui vient de comprendre et m'entraîne aussitôt vers la sortie. C'est vrai, pourquoi acheter un somnifère pour animaux quand on n'en a pas !

Annexe 2 de la lettre 3
Transcription commentée des bandes 4 et 5

Audition du viticulteur

— Nom ?

— Edmond Rivières.

— Âge ?

— Quarante-trois ans.

— Statut ?

— Marié, j'ai deux filles à ma charge. Marlène, dix-huit ans, et Delphine, dix ans. Et bientôt trois. Ma femme est enceinte d'une petite Rose. C'est imminent. On lui a donné le prénom de ma pauvre mère. Rose Rivières, c'est joli, non ?

— Très. Profession ?

— Viticulteur. Je produis mon vin, le Vin des Rivières, et je le mets en bouteilles. Je le distribue également moi-même dans les débits de boissons des environs.

— Et permettez-moi de vous féliciter, car je l'ai goûté et il est excellent.

— Merci, inspecteur.

Silence. L'homme s'éclaircit la gorge. Attend. Impassible. Je repense aux paroles de Martine. « Vous me faites penser à Edmond, vous êtes mulâtre comme lui. » Il est vrai que sa peau est un brin hâlée mais ses cheveux sont clairs, lisses, et ses yeux tirent sur le bleu. Son nez est peut-être un peu large et écrasé, mais de là à le considérer comme nègre... Nous nous ressemblons vaguement.

— Vous êtes venu acheter quelques bouteilles ? finit-il par me demander.

— Oh, non ! Quoique, je pourrais très bien en rapporter à M. Cela vous ferait un peu de publicité.

— Ce ser…

— Avez-vous acheté du Torrox samedi dernier ?

Je note aussitôt un profond embarras. Auquel met un terme le *clac !* de mon magnétophone.

Fin de bande.

— Je peux utiliser vos toilettes ?

— Bien sûr, inspecteur. Deuxième porte à gauche.

Il m'indique un couloir.

— Il y a une bonne et une mauvaise réponse à la question que je viens de vous poser, dis-je en me levant. Décidez avec sagesse.

Je sors de la pièce et m'enferme dans les cabinets afin de changer la bande de mon magnétophone (la 5). Ensuite, je tire la chasse.

— Je… c'est embarrassant, murmure-t-il une fois que je suis de retour.

— Qu'est-ce qui est embarrassant, monsieur Rivières ?

— Eh bien, j'ai effectivement acheté du Torrox samedi dernier (puis se reprenant aussitôt :) Mais c'est en vente libre, non ?

— Bien sûr ! Cependant, vous n'êtes pas sans savoir que le Torrox est un puissant somnifère pour animaux. Or vous n'en avez pas. Qui vouliez-vous endormir avec, monsieur Rivières ?

L'homme hésite, regarde à gauche, à droite, baisse la voix à nouveau :

— Ma femme…

Hôtel Au Bon Repos
Chambre 16
193, route départementale de P.
P.

Jeudi 20 juillet 1961 (suite et fin)

Madame la procureur de la République de M.,

Ce n'est pas ce que vous imaginez. D'ailleurs, j'ignore ce que vous imaginez. Qu'il a voulu tuer sa femme ? abuser d'elle ? régler ses problèmes d'insomnie ? Si vous saviez… Et vous allez savoir.

Jeanne Rivières, née Lacoque, a toujours rêvé de voir la mer. Ayant grandi à P., elle a toujours voulu voir plus loin que ces hautes montagnes qui obstruent son horizon, de quelque côté qu'elle regarde. Elle aimerait changer la terre sous ses pieds par le sable, doux et chaud, changer le vert des arbres par le bleu de l'eau, le jaune des champs par le rose d'une serviette de bain. Un jour, elle le sait, elle ira voir la mer. Mais les années passent et, comme un rêve que l'on range au fond d'un tiroir et que l'on ouvre de temps en temps avec nostalgie pour se donner de l'espoir, pour tenir bon, elle se fait une raison : elle commence à accepter que son vœu demeurera inaccompli.

Mais ce jour-là, pour leur dix-huitième anniversaire de mariage, Edmond Rivières décide qu'il en sera autrement. Ce sont leurs noces de turquoise. Il aurait bien aimé attendre les noces d'eau, cela aurait été plus adéquat, mais l'eau, c'est cent ans de mariage. Et il n'y a aucune chance qu'ils y arrivent. La turquoise, qui rappelle l'eau, d'une certaine manière, fera l'affaire. Samedi dernier donc, il se rend à la coopérative et achète du Torrox, un puissant somnifère qui vous endort un animal pendant quatre heures. C'est pile le temps que cela lui prendra pour mettre délicatement Jeanne dans la voiture et pour parcourir les deux cents kilomètres (de virages) qui les séparent de la plage. Il a réservé une chambre dans un hôtel en première ligne de mer, à B. (dont il m'a donné le numéro à des fins de vérification et qu'il m'a chaudement recommandé pour mes prochains congés payés). Une partie de ses économies y sont passées. Mais après tout, à quoi servent les économies si l'on ne s'en sert jamais ? La première chose que Jeanne a vue lorsqu'elle a ouvert les yeux, ç'a été ce dont elle avait rêvé toute sa vie. La mer. La formule « d'amour et d'eau fraîche » n'a jamais eu autant de sens. Bon anniversaire, mon amour. Je t'aime…

Quel élan de romantisme ! Et après on dit que les gens de la campagne sont rustres ! (Quoi ? Je l'ai dit ? Je retire sur-le-champ.) Quelle belle leçon d'amour pour les gens de la ville !

Du coup, j'ai commandé à Edmond Rivières dix bouteilles de son excellent Vin des Rivières (j'adore le nom !). Deux sont pour vous.

Très respectueusement,

PS : En repartant, nous sommes aussitôt passés voir Jeanne Rivières, pharmacienne de P., enceinte jusqu'aux oreilles, qui a corroboré l'histoire de son mari. C'est une femme heureuse, à n'en pas douter, et cela vaut bien la déception de voir une piste et un suspect partir en fumée. J'appellerai l'hôtel de B. dès que les lignes téléphoniques fonctionneront à nouveau. J'imagine qu'eux aussi me confirmeront que les deux amoureux ont bien passé le week-end dans leur établissement.

PS 2 : Je viens de recevoir votre deuxième lettre, à laquelle je ne pourrai pas répondre demain matin, car je serai en pleine action. Je vais maintenant me coucher. Demain, on se lève aux aurores, ou comme les poules, devrais-je dire, puisque c'est ici de circonstance.

L'officier de police

Tribunal de grande instance de M.
1, rue Condorcet
M.

Jeudi 20 juillet 1961

Monsieur l'officier de police,

J'ai bien reçu votre deuxième lettre.

Vous avez raison de le dire, la communication fonctionne à merveille. Et je suis très heureuse de vous retrouver chaque jour à 14 heures.

Je me réjouis, comme vous le soulignez, que votre rapport ne soit pas accompagné de l'odeur. Ce doit être terrible. Je me rappelle moi-même de séjours à la campagne chez mes grands-parents et de cette période pendant laquelle les agriculteurs avaient la bonne idée de balancer tout leur fumier dans les champs. Je trouvais cela répugnant. Et je m'interdisais de manger toute récolte provenant de ce sol que l'on avait arrosé d'excréments. J'imaginais que les pommes de terre, les tomates, les choux-fleurs y ayant poussé avaient forcément l'odeur de leur terreau. C'était faux, bien entendu. Ne dit-on pas que les plus jolies fleurs poussent sur le fumier ?

Ravie que vous ayez passé une bonne première nuit, même si vous souffrez du dos. À ce propos, j'ai peut-être un remède pour vous. Tout simple. Ne dormez plus en chien de fusil ! C'est justement ce qui provoque vos douleurs. Sur le moment, cette position les atténue peut-être, mais à la longue, elle engendre des contractures qui déclenchent de nouveaux maux. C'est le serpent qui se mord la queue, si je puis dire. Vous êtes entré dans un cercle vicieux qu'il vous faut rompre. Et le plus tôt sera le mieux. Essayez de dormir sur le dos, bien droit, un coussin ou un oreiller calé sous vos genoux, quitte à avoir un peu mal au début, et vous noterez la différence au bout de quelques nuits, je vous le garantis.

Pour revenir à notre enquête, je suis outrée par le manquement des citoyens de ce village aux règles les plus élémentaires de respect envers la vie humaine, qui plus est, celle d'un enfant, et qui plus est de surcroît, adopté, comme vous dites, car démuni, plus vulnérable. C'est vous qui êtes dans le vrai. Quoi qu'ils en disent, Joël est un enfant aux yeux de la loi, un mineur du moins (la majorité n'étant établie, à la ville comme à la campagne, je le rappelle, qu'à partir de vingt et un ans).

Ce Félicien Nazarian qui ne se gêne ni ne se cache pour frapper Joël ! Et tout ce beau monde qui trouve cela normal, y compris le curé ! Ah, elle est belle l'Église de nos villages français ! Comptez sur moi, je ne laisserai pas ces crimes impunis. P. n'est pas une zone de non-droit et tous ces gens devront répondre de leurs actes ou de leur silence le temps venu. Si Joël avait encore été vivant, j'aurais pris des dispositions avec effet immédiat, mais, étant donné que son intégrité n'est plus en danger (pauvre enfant), nous attendrons d'y voir un peu plus clair dans cette affaire, qui s'obscurcit d'heure en heure.

Pas de nouvelles instructions pour le moment, continuez ainsi.

Bon courage !

Très cordialement,

La procureur de la République

(Notes prises sur un emballage de chewing-gum, datées du jeudi 20 juillet 1961.)

Elvire, Elvire, Elvire.

Vendredi

Hôtel Au Bon Repos
Chambre 16
193, route départementale de P.
P.

Vendredi 21 juillet 1961

Madame la procureur de la République de M.,

Sur vos recommandations, je me suis couché hier soir sur le dos, visage tourné vers le plafond, le corps bien droit avec un oreiller sous les genoux. J'ai été pris de vives douleurs au bout de cinq minutes. C'est à ce moment-là que, en temps normal, je me serais positionné en chien de fusil. J'ai tenu bon. Je vous avoue que j'ai souffert le martyre et que j'ai même mis plus de temps à m'endormir que d'habitude, mais je suis bien conscient qu'il ne pouvait se produire d'amélioration au bout d'une seule nuit. Je tenterai ce soir à nouveau, bien qu'il m'en coûte, car j'ai confiance dans le bien-fondé de votre conseil.

Après un petit déjeuner pris seul, dans le calme de la salle de restaurant vide, à 5 h 30 (j'avais prévenu Raymond de ma sortie très matinale et sa femme s'est levée pour me préparer un café accompagné d'œufs au plat), je suis sorti et j'ai attendu la voiture du chef Provincio sur le bord de la route. Il faisait encore nuit. Les étoiles emplissaient le ciel et c'était un spectacle merveilleux. J'adore ce moment où l'on en vient à croire que l'on est seul sur Terre. Les étoiles brillent pour nous, les arbres vibrent d'une émotion qu'ils n'ont pas en journée. L'air est frais et sain. Tout est enveloppé d'une couverture noire, protectrice. Et l'on se demande ce que l'on fait debout, dehors, à une heure pareille. C'est là la vraie recette de se sentir en vie, madame la procureur. Vous devriez essayer. Vous lever aux aurores, vous habiller, sortir dans la rue déserte, demeurer là quelques minutes, à penser, puis retourner au chaud chez vous et vous remettre au lit en vous disant qu'il vous reste encore deux ou trois bonnes heures de sommeil. Si j'étais courageux, je le ferais souvent.

Ce jour, à 6 heures, je me suis donc présenté, comme prévu, au domicile de Félicien Nazarian en compagnie du garde champêtre chef Jean-Charles Provincio et du docteur Luc Bonnin afin de procéder à une perquisition des lieux et des véhicules.

Je vous joins, dans l'Annexe 1, la transcription de cette opération ainsi que les résultats obtenus.

PS : Vous avez raison, c'est sur le fumier que naissent les plus belles fleurs. J'en veux pour preuve que tout a une saveur différente ici. Les œufs de ce matin, par exemple. Je m'aperçois qu'à vingt-quatre ans je n'ai jamais mangé de fraises, d'asperges, de poivrons et d'abricots. Tout est si insipide à la ville. Une vraie révélation…

(à suivre)

Annexe 1 de la lettre 4
Transcription commentée de la bande 5

Perquisition du domicile du « tuteur »

— Je vais vous poser une question, monsieur Nazarian, et je voudrais que vous y répondiez avec la plus grande franchise. Vous est-il déjà arrivé de corriger Joël ?

L'homme est assis sur le canapé du salon, torse nu, en pantalon. C'est la seule chose qu'il a pu enfiler avant que je ne commence à m'énerver sur sa porte. Il a les cheveux en bataille, les yeux chassieux et la bouche sèche. Il n'a plus rien de cet homme élégant et digne que j'ai connu mardi. La grosse horloge en bois, poussée contre le mur, rythme les minutes de ce qui devrait être une longue matinée. Par la fenêtre, on peut entendre le chant des grillons. Provincio et Bonnin sont assis à la table du salon et attendent, patiemment, tout en bayant aux corneilles.

— Corriger ? répète-t-il, ahuri.

— Disons-le clairement, frapper.

— Vous avez vu la folle, c'est ça ?

— Je vous demande juste de répondre à ma question.

Il soupire.

— C'est pour ça que vous me réveillez à 6 heures du matin ? Ça frôle le ridicule ! (Puis, tombant sur mon regard noir :) Des petits coups de bâton, de temps en temps, et alors ?

— Et ça ? (Je pointe mon doigt vers la fenêtre, plus exactement vers le jardin au milieu duquel on peut voir le piquet illuminé par la clarté de l'aube naissante.) C'est quoi ?

— Vous le voyez bien, un pieu et une corde.

— Pour attacher un chien méchant ? je demande.

— Non, la chèvre de monsieur Seguin ! peste-t-il. (Puis, se radoucissant :) Je n'ai pas de chien. Je n'aime pas les chiens…

— Pour attacher un enfant, alors ?

— Attacher un enfant ? De quoi parlez-vous ?

Il se gratte le bras.

— Vous n'attachiez pas Joël à ce piquet, monsieur Nazarian ?

— Vous êtes de la police ou de la SPA ? lance-t-il en agitant la tête, comme si tout cela n'avait aucun sens pour lui, comme s'il ne pouvait pas comprendre que cela soit mal.

J'ai entendu tellement d'hommes se dédouaner quand on les arrêtait pour des violences commises sur leur femme. Cette complicité qu'ils s'employaient à créer entre eux et moi, parce que j'étais aussi un mâle, comme si j'avais dû les comprendre pour cette seule raison, comme si eux et moi on était de la même espèce. « Vous savez bien, inspecteur, des fois, les gonzesses, faut les remettre à leur place ! » Je trouvais cela tellement abject. C'est le même sentiment qui m'envahit aujourd'hui en écoutant cet homme.

— Répondez, vous l'attachiez, n'est-ce pas ?

— Vous ne connaissiez pas l'animal, inspecteur ! Joël était gentil mais il n'écoutait rien, une vraie mule, quoi ! Et il n'était pas rare qu'il se fasse la malle. Comme je vous l'ai déjà dit, je le retrouvais souvent vers l'usine Boniteau, figurez-vous un peu la trotte ! Il passait son temps dans les hautes herbes rouges, à La Souterrane, à regarder les agriculteurs décharger leur remorque de fruits et les employés remplir les camions de confiture. J'ai jamais trop aimé ces herbes. De l'herbe rouge, c'est pas naturel, ça, si vous voyez ce que je veux dire. Je n'aimais pas qu'il fréquente ce coin-là. Bref, je devais passer mes journées à le chercher et je n'avais pas que ça à faire. La corde, ça m'évitait ces soucis. Je ne la lui mettais pas au cou, comme on vous l'a peut-être dit. Je la lui nouais à la jambe. J'étais au moins tranquille pour un petit moment.

Il voulait contrôler le gamin, je pense aussitôt. Contrôler sa vie. Mais Martine Moinard a raison, un être humain n'appartient à personne si ce n'est à lui seul.

— Le code pénal ne punit peut-être pas littéralement l'action d'attacher quelqu'un à un poteau, je vous l'accorde, mais il condamne les mauvais traitements et les négligences. J'ai demandé à la procureur de la République si on ouvrait une enquête parallèle pour ces infractions.

— Quoi ?

Il a l'air de tomber des nues.

— Et vous savez ce qu'elle m'a répondu ? « Pas si vous prouvez avant la fin de la semaine qu'il est coupable du meurtre de Joël. »

Son monde semble s'écrouler. Il me regarde, la bouche grande ouverte, les yeux affolés. Il n'y a qu'une seule manière d'arrêter un homme qui torture, qui frappe : le mettre derrière les barreaux, préserver la société de ce genre de personnes que rien ne peut changer. Sauf que là, c'est la guillotine qui l'attend, et il le sait.

— Monsieur Nazarian, je vais maintenant procéder à une perquisition de votre domicile.

— Vous avez un mandat ?

— Le mandat de perquisition n'existe pas en France. Vous allez trop au cinéma voir les films de M. Hitchcock.

— Et je ne peux pas m'y opposer ?

— Sur le fond, non, sur la forme, je penserais que vous avez quelque chose à cacher, ce qui m'inciterait à mettre un peu plus de cœur à l'ouvrage, et donc plus de désordre dans votre maison, en toute légalité en plus.

— Faites votre sale boulot alors !

— Très bien, je vous informe donc que nous allons effectuer une perquisition de votre domicile dans le cadre de l'enquête de flagrance sur le meurtre de Joël. Je vous demanderai d'y assister, c'est la loi, afin que vous ne nous accusiez pas, par la suite, d'avoir nous-mêmes posé les indices que nous allons éventuellement découvrir.

— Vous pensez que c'est moi qui l'ai tué ? demande-t-il, incrédule.

— Ce que je pense ou pas n'a aucune espèce d'importance. Docteur, vous pouvez procéder à la recherche de traces de violence et de sang. Chef, sans vous commander, pourriez-vous chercher d'éventuels sacs des Galeries Lafayette ?

— Des Galeries Lafayette ? répète Félicien. Mais qu'est-ce que tout cela veut dire ?

Je sors de ma sacoche le premier scellé : une partie des sacs en papier tachés de sang que m'a donnés le docteur Bonnin.

— Joël a été retrouvé dans des sacs comme ça. Huit, pour être précis…

Le visage du vieillard se décompose.

— Faites voir.

Il en prend un dans la main, le caresse, le regard absent.

— Qu'avez-vous, monsieur Nazarian ?

— Rien, rien, dit-il en me le rendant.

— Les Galeries Lafayette, cela vous rappelle quelque chose ?

— Non.

Mais je vois bien qu'il ment.

— S'il y a quoi que ce soit, il faut nous le dire, monsieur Nazarian. Tout de suite.

— Je vous dis que non ! s'emporte-t-il.

— Bien, alors au travail, messieurs ! je m'exclame en frappant dans mes mains.

Ce qui a pour effet de réveiller mes deux collègues une bonne fois pour toutes.

Hôtel Au Bon Repos
Chambre 16
193, route départementale de P.
P.

Vendredi 21 juillet 1961 (suite et fin)

Madame la procureur de la République de M.,

Trois hommes qui cherchent quelque chose. La situation pourrait prêter à sourire. Ne dit-on pas que les hommes ne trouvent jamais rien ? Il serait peut-être bon d'engager des femmes dans la police, parlons-en au président de Gaulle, ne serait-ce que pour les perquisitions…

Veuillez donc trouver ci-dessous le résultat de nos recherches :

– Avons découvert dans un four en fonte hors d'usage, dans la cuisine, une boîte de biscuits Lefèvre-Utile en métal contenant un paquet de trente-six lettres d'amour (Pièce à conviction numéro 3). Les lettres sont toutes signées « Ta belle blonde ténébreuse » et adressées à « Mon beau brun ténébreux ». À la question « Votre femme était-elle blonde ? », Félicien Nazarian a répondu « Mireille était brune ». À l'évocation du paquet de lettres et à la question « Trompiez-vous votre femme ? », Félicien Nazarian a répondu par l'affirmative. Il n'a pas voulu donner le nom de sa maîtresse et s'est contenté de déclarer : « Cette femme est morte depuis longtemps. » Les lettres, datées du 6 janvier 1936 au 17 mai 1951, attestent d'une relation extraconjugale étalée sur une période de quinze ans.

– Avons découvert dans l'atelier une scie à bois avec une lame de soixante-cinq centimètres (Pièce à conviction numéro 4). À l'heure où j'écris ces lignes, le docteur Bonnin m'a certifié qu'il n'a trouvé aucune trace de sang dessus et qu'elle ne correspond pas à l'arme que nous recherchons (scie à métaux, dents plus fines).

– Après inspection des alentours de la maison de Félicien Nazarian, se composant d'un champ de maïs, d'un potager, de plantations de haricots, tomates, raisins, pommes de terre, de diverses parcelles de figuiers, pommiers, orangers, groseilliers destinés à la vente de fruits frais à l'usine des confitures Boniteau, notons que ne pousse aucune *Gaillardia clemens* ou autre fleur aux pétales rouge et jaune à proximité.

À ce propos, et afin de trouver une légitimité à la « police des fleurs, des arbres et des forêts », j'ai envoyé Jean-Charles Provincio explorer, après le repas, les jardins de P. à la recherche de ces fameuses gaillardes qui nous donnent tant de fil à retordre. Vous trouverez son rapport (c'est assez folklorique, vous verrez...) joint à cette lettre, ainsi que celui du docteur Luc Bonnin, qui reprend les conclusions de ses recherches.

Je vous attache également, en Annexe 2, l'intéressante conversation que nous avons eue, le garde champêtre, le médecin et moi lors dudit repas chez Jacques. Puis, en Annexe 3, le rapport d'une visite impromptue dans ma chambre d'hôtel, qui m'a permis d'élucider le mystère des lignes téléphoniques.

Très respectueusement,

L'officier de police

Cabinet médical du docteur Luc Bonnin
8, rue des Fourrés
P.

Vendredi 21 juillet 1961

Madame la procureur de la République de M.,

Veuillez trouver ci-dessous les résultats de mes recherches opérées au domicile de Félicien Nazarian durant la perquisition de l'officier de police et du garde champêtre :

– N'avons trouvé aucune trace de violence ou de sang dans le domicile et à l'extérieur, ni sur la corde ou le piquet. Selon toute vraisemblance, Joël n'a été ni tué ni démembré dans cette maison.

– N'avons trouvé aucune trace de violence ou de sang sur les parties extérieures des véhicules (voiture de marque Mercedes Benz modèle W136 de 1946 immatriculée 8945-NH1 de couleur blanche, tracteur de marque Massey Ferguson modèle 35 immatriculé 449 65 de couleur rouge) et intérieures (sièges avant et arrière, coffre, cabine du tracteur). Selon toute vraisemblance, le cadavre de Joël n'a pas été transporté dans l'un de ces véhicules.

Très respectueusement,

Le médecin généraliste-légiste-vétérinaire

Annexe 2 de la lettre 4
Transcription commentée de la bande 5

Audition du garde champêtre et du médecin légiste

Provincio, Bonnin et moi sommes attablés dans un coin de la grande salle du restaurant Chez Jacques. Le garde champêtre a pris du poisson (une truite pêchée – légalement – dans la rivière locale et assez appétissante, ma foi), le docteur, une entrecôte, et moi, une omelette aux truffes. (Cette fois-ci, c'est dommage que vous n'ayez pas l'odeur avec la lettre !)

— Mardi 17 mai 1951, je lis : « Je n'y tiens plus, plus que deux jours, plus que deux jours ! Et je serai à toi, et tu seras à moi, tout entier. Je crois devenir folle. »

— Deux jours pour quoi ? demande le médecin.

La lettre est posée sur la table devant nous trois, entre la carafe d'eau et la salière.

— Le 17 mai 1951 ? répète le garde champêtre, songeur.

Il arrête soudain de mâcher son poisson. Ses yeux s'affolent dans tous les sens à la recherche d'un souvenir.

— Oui, qu'y a-t-il ?

— Mireille Nazarian est morte le 21 mai 1951, finit-il par dire, dix ans tout juste. Je m'en souviens parfaitement, c'était mon anniversaire, j'avais pris ma journée. Le facteur est venu chez moi en frappant à la porte comme un damné : « Elle est morte ! Elle est morte ! — Qui ça ? — La Mireille ! Je lui apportais du courrier, j'ai frappé mais personne a répondu, la porte était ouverte alors je suis entré et… elle est dans la cuisine, couchée par terre. » Bref, j'ai passé mon anniversaire avec un cadavre. Beau cadeau, non ?

Le garde champêtre reprend la mastication de sa truite d'un mouvement énergique.

— Je m'en souviens aussi, dit le docteur Bonnin. J'ai procédé à l'autopsie. Elle est morte d'une crise cardiaque.

— Tout de même, une sacrée coïncidence. Une lettre dans laquelle une maîtresse dit à son amant : « plus que deux jours et tu seras à moi, tout entier », et quatre jours après, l'épouse de cet homme meurt…

— Le Félicien était introuvable durant toute la journée, reprend le garde champêtre en dodelinant de la tête, comme s'il venait enfin de tout comprendre, dix ans après. Il est arrivé le lendemain, il était au courant de rien. C'est moi qui lui ai appris la mort de sa femme quand il descendait du train.

— D'où venait-il ?

— Je sais plus.

— Vous ne pensez tout de même pas que Félicien et sa maîtresse ont tué Mireille Nazarian ? demande le médecin en réajustant ses lunettes dorées et en affichant son curieux petit sourire. Elle est décédée d'une crise cardiaque. Je suis formel.

— Une crise cardiaque, ça se déclenche, n'est-ce pas, docteur ? affirme presque le garde champêtre, excité par la tournure que prend la conversation.

(Une fois que l'on a goûté au crime, on commence à en voir partout. Des criminels aussi. Moi, je me méfie des docteurs depuis que j'ai lu *Le Meurtre de Roger Ackroyd*. Surtout ceux qui en connaissent long sur le sujet...)

— On peut induire une crise cardiaque avec de l'insuline. Par hyperkaliémie aussi. C'est un excès de potassium dans le plasma sanguin. Par contre, les deux s'injectent en intramusculaire.

— Ça laisse donc des marques ?

— Je vous l'avoue, je n'ai pas cherché de trace de piqûre, je n'avais pas de raison de le faire.

— Moi, ça me semble clair, dit le chef. Le Félicien avait une maîtresse. Les deux ont décidé de se débarrasser de la Mireille pour vivre leur amour en paix. Et puis maintenant, c'est au tour du Joël. Et puisque la maîtresse est morte – il a dit : « Cette femme est morte depuis longtemps », non ? – alors ça peut être que lui. Félicien a tué son Joël. Quand je pense qu'on jouait aux cartes ensemble...

— Pour quelle raison ?

Le garde champêtre relève la tête.

— Pourquoi on jouait aux cartes ?

— Pour quelle raison aurait-il tué Joël ? Pourquoi l'aurait-il découpé en morceaux ? et jeté comme un vulgaire morceau de viande dans un chaudron de cuisson ? Il y a de la haine dans un tel geste.

— Ça, je sais pas.

— On ne peut tout de même pas faire l'impasse sur le mobile…

— Joël le gênait peut-être pour vivre sa vie avec sa maîtresse, avance Provincio.

— Non, puisque selon lui elle est morte « il y a longtemps ».

— Oui, et pourquoi ne pas l'avoir tué avant, alors ?

— Parce que la Mireille est morte il y a dix ans et que deux morts de suite, ça aurait forcément attiré les soupçons. Il voulait laisser passer un peu de temps entre les deux.

— Dix ans est un grand sacrifice, je trouve, dit le médecin. Et à quoi bon devenir un assassin à soixante-douze ans ? Pour ce qu'il vous reste à vivre… Quand votre maîtresse est déjà morte, qui plus est. Non, il doit y avoir autre chose.

— Vous pensez donc qu'il y a un lien entre ces lettres et le meurtre de Joël, chef ?

— Sûrement.

— En tout cas, le nom de Joël apparaît de temps en temps, dis-je en feuilletant le gros paquet de lettres.

— Bon, alors qu'est-ce qu'on fait ? demande le garde champêtre.

— Nous allons d'abord finir ce bon repas. Ensuite, il nous faudra lire ces lettres en détail. Je me porte volontaire. En plus d'égayer mes soirées solitaires, elles devraient nous permettre d'y voir un peu plus clair. Et puis, si je mets Félicien en garde à vue, il me faudra aviser la procureur de la République de M. par courrier, puisqu'il n'y a pas de téléphone, ce qui prend un peu plus de temps. Alors autant attendre encore, on n'est pas à un jour près. Il ne va tout de même pas s'échapper dans la nature... à soixante-douze ans...

— Surtout qu'on lui a confisqué les clefs de sa voiture.

— Il lui reste toujours le tracteur..., relève le médecin.

La remarque semble affoler le policier rural.

— Au lieu de vous faire du souci pour un vieillard, chef, pourquoi ne partiriez-vous pas en balade à la recherche de gaillardes dans les jardins de P. ? Ces maudites fleurs doivent bien se trouver quelque part.

Brigade verte
Police des fleurs, des arbres et des forêts
3, place de la Mairie
P.

Vendredi 21 juillet 1961

Madame *la* procureur de la République de M.,
Madame *le* procureur de la République de M.,

Je sais pas si on dit madame la procureur ou madame le procureur, vous êtes la seule que je connaisse et je voudrais pas vous manquer de respect, alors rayez la mention inutile comme on dit dans les papiers administratifs. Je suis le garde champêtre chef Jean-Charles Provincio, de la Brigade verte de P. J'imagine que vous en avez jamais entendu parler. C'est la police des fleurs, des arbres et des forêts, comme je dis toujours, parce que la nature, ça rend forcément un peu poète. Excusez mes fautes de français et mon parler, enfin, mon écrit, parce que j'ai passé toute ma vie à la campagne, loin des universités et de la ville, des théâtres et des livres, madame. J'ai honte, je parle mieux que j'écris, demandez à tout le monde.

Bon, je vais directement au but de ce rapport qui est de vous donner les résultats de ma recherche des gaillardes dans les jardins de P. J'imagine que l'inspecteur vous a parlé de l'histoire de ces fleurs qu'on a retrouvées dans les sacs avec le corps du Joël. Des *Gaillardia clemens*. *Clemens*, ça a donné *clément* en français, et *doux* aussi, mais bon, vous devez le savoir, parce que le droit, c'est plein de latin et que vous avez suivi de grandes études. L'inspecteur est persuadé que si on trouve d'où elles viennent, on trouvera le coupable, parce que ces fleurs poussent que très rarement dans la nature, ce qui veut dire qu'on les a fait pousser. Et ce *on*, c'est l'assassin.

Alors, dans P., il y a six rues, qui partent un peu comme une étoile ou un astérisque depuis la place du village, qui se trouve au milieu. Toutes les maisons ont des jardins. En général, garnis de fleurs et d'arbres. Mais je me suis concentré sur les fleurs. Ce qu'il y a de bien, c'est que les gaillardes, on les voit de loin, parce qu'elles sont assez spéciales. Elles sont rouges avec la pointe des pétales en jaune, c'est très beau. Ça se voit depuis la rue donc, et j'ai pas eu à entrer dans les jardins et déranger les gens. J'ai même fait ça en secret, en mimant celui qui se promène, en sifflotant, pour pas éveiller les soupçons si l'assassin était là, dans une de ces maisons, en train de me regarder par la fenêtre. Comme si c'était une ronde normale, ou comme celui qui dit « Tiens, quelles jolies fleurs, il faudra que j'en plante moi aussi chez moi ! », sauf que c'était pas une ronde normale et que j'observais du coin de l'œil.

J'avais jamais fait attention, c'est fou combien les jardins sont fleuris ! De toutes les couleurs. C'est très joli. Un jour, il faudrait que vous veniez à P., madame, je m'occuperais bien de vous, ça va sans dire, c'est un charmant village qui mériterait un peu plus de publicité, autre que celle qu'on a en ce moment avec cet odieux crime.

Bon, mes conclusions, c'est que j'ai rien trouvé. Enfin, si, j'ai trouvé plein de fleurs, mais pas celles que je cherchais.

Vous vous dites, j'ai lu tout ça pour ça ? Vous pensez que je vous ai fait perdre votre temps, je m'excuse, j'ai tendance à trop parler, enfin, ici, à trop écrire, mais attendez, parce que le meilleur arrive… Bref, madame la procureur, ou le procureur, vous allez pas me croire, mais alors que j'allais rentrer chez moi, je me suis dit qu'un peu de zèle fait jamais de mal à personne et je suis allé me promener du côté de l'église. J'ai rien trouvé là-bas, mais dans le cimetière, eh bien, en m'agenouillant devant la tombe du Joël, par respect, et parce que mon œil avait été attiré par quelque chose de rouge par terre, je suis tombé sur une petite fleur écrasée sur le gravier. Je l'ai ramassée. Elle avait des pétales pointus, rouges avec la pointe jaune. C'est la fleur qu'on cherche. Le meurtrier est allé sur la tombe du Joël (elle devait être collée sur la semelle de sa chaussure). Mais quand ? Je sais pas. Et qui ? Encore moins… Ça peut être n'importe qui, ça peut être tout le monde. Pour trouver, je suis pas aussi brillant que l'inspecteur, enfin, l'officier comme il dit, parce que maintenant on dit officier. C'est comme garde champêtre, on nous appelle aussi policier rural, ou fonctionnaire territorial, mais tout ça, c'est pareil, c'est que des noms, le métier reste le même.

Bon, pour en revenir à notre histoire, moi je devais chercher la gaillarde et j'en ai trouvé une, mais pas à l'endroit où on les fait pousser, et c'est ça qu'on me demandait, alors j'ai pas accompli la mission, quoi. Je l'ai montrée à l'inspecteur, il m'a félicité, mais il est pas plus avancé qu'avant et il m'a dit que je pouvais vous la donner…

Très respectueusement,

PS : Je vous colle la fleur ci-dessous avec un bout de scotch, comme ça vous verrez ce que c'est qu'une *Gaillardia clemens*. C'est joli. Et puis ça vous fait une pièce à conviction en plus, comme on dit.

Le garde champêtre chef

Annexe 3 de la lettre 4
Transcription commentée de la bande 5

Audition du visiteur spontané

Je vais ajouter, selon mes souvenirs, ce qui a été dit hors enregistrement.

Je suis dans ma chambre d'hôtel en train de repasser une chemise lorsqu'on frappe à la porte. J'ouvre sur un homme de grande taille, le dos courbé en avant, le cheveu ras et les oreilles décollées. Il tient une casquette grise à carreaux qu'il pétrit de ses grosses mains, l'air fort embarrassé et mêlé de surprise.

— Excusez-moi, je me suis trompé.

— Qui cherchez-vous ?

— L'inspecteur de police.

— C'est moi.

— Oh, je... Vous êtes bien jeune...

— Je prendrai cela pour un compliment.

Il semble se résigner à la situation.

— C'est ma femme qui m'envoie.

Je ne peux détacher mon regard de ses grandes oreilles. Toutes mes alarmes sonnent dans ma tête. Je pense inévitablement à Joël. Je ne suis pas sans savoir qu'il s'agit d'une caractéristique héréditaire, génétique, comme il y a des familles avec de grands pieds.

— Attendez.

Je vais jusqu'à ma sacoche en cuir posée sur la chaise et appuie discrètement sur le bouton d'enregistrement de mon magnétophone.

— Entrez.

— Non, non, je vous dérange pas, je voulais juste vous dire que… voilà, je travaille à la scierie sur la route de Q., c'est à vingt kilomètres d'ici, bref, j'ai vu quelque chose lundi dernier, je suis pas venu vous trouver avant parce que je pensais que ça pouvait pas avoir de rapport avec la mort de Joël, il a été tué dimanche soir, ils ont dit, et moi ce que j'ai vu c'était lundi à 12 h 30, mais ma femme m'a dit de venir vous voir parce que c'est peut-être important, je sais pas, c'est vous l'inspecteur.

Le père biologique supposé de Joël s'appelait Martin. Avait-il de grandes oreilles (ou cela venait-il de la branche maternelle ?) ? À moins que le vrai père de l'enfant ne soit en ce moment devant moi. Lydie aurait très bien pu aimer deux hommes, c'est une possibilité. Le faux marin avait bien deux épouses.

— Connaissiez-vous Lydie ?

— Pardon ?

— Lydie, la mère de Joël.

— Oh non, inspecteur, je connais pas grand monde à P. Je suis de Q. Pourquoi ?

— Pour rien. Comment vous appelez-vous ?

— Benjamin Amato.

— Très bien, monsieur Amato, dites-moi ce que vous avez vu.

— Lundi, mon patron m'a envoyé dans les bois en bordure de la départementale, entre P. et le Bon Repos, parce qu'il faut marquer les arbres qu'on va couper à la prochaine saison et… enfin, voilà, je prenais ma pause repas. J'aurais pu aller à l'hôtel, c'était pas loin, mais Patricia, c'est ma femme, elle m'avait préparé un bon casse-croûte, du saucisson, du bon pain frais et une bouteille de vin rouge. J'étais assis sous un arbre à l'ombre et j'ai entendu des voix. Comme je savais pas qui c'était, j'ai pas bougé, j'ai rien dit. Je voulais pas qu'on me surprenne, ils auraient pensé que je les espionnais ou je sais pas quoi, alors je les ai vus à travers le feuillage. Y en a un qui était debout contre le pylône en bois de la ligne téléphonique et l'autre qui l'aidait à grimper. Le premier était pas très agile mais il a quand même réussi, après plusieurs essais, à atteindre le sommet. Il a demandé à l'autre, qui était resté en bas : « C'est quel fil que je coupe ? » Et l'autre lui a dit : « Celui de gauche », puis : « Non, celui de droite », à moins que ça soit le contraire, enfin, je sais plus, mais je veux dire que le type en bas savait plus quel fil il fallait couper. Alors il lui a dit : « Coupe-les tous, Roger ! Comme ça, y aura pas de problème. Il a dit que ça doit plus marcher. Alors, tu coupes tout, comme ça on est sûrs et on va pas se faire engueuler ! »

Il baisse les yeux comme un enfant timide.

— Vous êtes certain d'avoir entendu « Roger » ?

— Sûr et certain. Regardez.

Il me montre ses grandes oreilles.

— J'entends tout avec ça, même ce que je veux pas entendre…

— Vous connaissez un Roger ?

— Je vous ai dit, je connais pas grand monde à P. Je connaissais Félicien et son Joël, parce qu'ils sont près d'ici, et deux, trois autres personnes qui travaillent à la scierie.

— Merci, monsieur Amato, merci beaucoup, vous avez bien fait de venir. Vous pouvez remercier votre femme. Elle a eu raison.

— Je sais pas si c'est trop tard ou si ça a un rapport avec ce qui est arrivé à ce pauvre Joël, mais bon, j'ai trouvé que c'était pas très catholique. Je voulais pas venir vous voir parce que je pensais que vous alliez m'arrêter parce que j'ai rien dit aux types, que je les ai laissés faire, laissés couper les fils.

— Vous avez très bien fait. Ne jamais rien tenter soi-même et prévenir la police, c'est ce que l'on conseille toujours. Vous avez été parfait. Parfait…

Je le salue et ferme la porte, un grand sourire au visage.

Samedi

Tribunal de grande instance de M.
1, rue Condorcet
M.

Vendredi 21 juillet 1961

Monsieur l'officier de police,

Les Galeries Lafayette ont répondu à notre réquisition avec une rapidité remarquable. Si tous les commerces et institutions à qui la loi et la justice demandent concours réagissaient de la sorte, notre travail n'en serait que plus agréable et efficace.

Le modèle de sac que vous m'avez envoyé a été mis en circulation de 1948 à 1952. À partir de cette année-là, ils ont changé de couleur. J'espère que cet élément pourra vous aider dans votre, dans notre, enquête.

Très cordialement,

La procureur de la République

Hôtel Au Bon Repos
Chambre 16
193, route départementale de P.
P.

Samedi 22 juillet 1961

Madame la procureur de la République de M.,

Je me trompais lourdement quand je disais que Félicien Nazarian n'allait pas s'échapper dans la nature.

Il est parti. Dans un endroit où il sera bien difficile de le trouver. La mort. Nous avons été prévenus ce matin par le facteur (une sacrée vacherie que ce métier de facteur à la campagne. Il apporte les factures, se fait attaquer par les chiens et découvre les morts ! Quitte à porter un uniforme et prendre des risques, autant être policier, au moins on est armé !).

Par la présente, je vous avise donc officiellement de la découverte du cadavre de Félicien Nazarian, exploitant à P.

Nous nous sommes aussitôt transportés sur les lieux. (Provincio n'a jamais autant utilisé son gyrophare, on dirait un enfant à qui l'on vient d'acheter un jouet, ou qui vient d'en redécouvrir un qu'il avait perdu sous son lit.) Lorsque nous sommes arrivés, le docteur Bonnin était déjà présent et examinait le corps. Il a tout laissé en l'état pour moi. Nazarian s'est pendu aux pales du ventilateur de plafond avec la vieille corde avec laquelle il attachait Joël au piquet dans le jardin... Ce ne peut être un hasard. Je vous joins tout cela en Annexe 1 de la présente. L'Annexe 2 met un terme glorieux à cette enquête. Il a avoué. Nous avons trouvé l'assassin !

Très respectueusement,

L'officier de police

PS : Il est 16 h 30 et je vous envoie cette lettre en courrier urgent pour que vous l'ayez ce soir même. Ce devrait être la dernière...

PS 2 : Je viens de recevoir votre note sur la datation des sacs. Merci. Même si cela ne sert plus à rien. J'en ai fait part à Provincio, que j'ai laissé au bar de l'hôtel fêter le dénouement de cette affaire devant un flot de bière.

PS 3 : Votre technique ne fonctionne toujours pas sur moi. J'ai très, très mal dormi (malgré deux oreillers sous les genoux...). Mais je suis du genre persistant. Je n'abandonnerai pas de sitôt.

Annexe 1 de la lettre 5
Transcription commentée des bandes 5 et 6

Découverte de cadavre

— A-t-il laissé une lettre pour expliquer son geste ?

— Sur la table du salon, répond le garde champêtre. Si elle avait pas été posée bien en évidence sur la table, retenue par le coin d'un cendrier en verre, on serait sûrement passés à côté. Un courant d'air et hop !

Il la prend avec une pince à épiler (je me demande d'où il la sort) et me la tend. C'est plus exactement une minuscule frange de papier déchirée sur tous ses côtés, de sept centimètres sur deux. De loin la plus petite lettre d'adieu que j'aie jamais vue.

j'ai… é Joël

Il y a une tache d'encre inopportune mais nous avons tous les deux compris.

— « J'ai tué Joël », dit Provincio en dodelinant de la tête, comme s'il n'en revenait pas.

Je place le mot dans un scellé judiciaire (Pièce à conviction numéro 5).

Clac ! Passage aux toilettes. (« Ne vous dérangez pas, je sais où c'est. ») Mise en place de la bande 6.

Sous le regard intrigué du policier rural, je fouille quelques tiroirs d'une grosse commode et en sors un livre de comptes que je compare à la note.

— Je ne suis pas un spécialiste mais on dirait son écriture, dis-je en ôtant mes lunettes. Qu'en pensez-vous, chef ?

L'homme jette un coup d'œil au cahier puis à la lettre, revient au cahier.

— Les *a* et les *e* sont identiques.

— C'est exactement ce que je pensais.

— C'est un suicide, dit le médecin en descendant de son échelle, ce qui provoque un éclat de rire du garde champêtre.

— On s'en doutait un peu.

— Moi aussi, mais on est tout de même au cœur d'une affaire criminelle, se justifie-t-il. Notre tueur aurait pu se débarrasser de Nazarian et maquiller tout cela en suicide. On ne peut écarter aucune possibilité.

— Notre assassin est au bout de cette corde…, affirme Jean-Charles Provincio, sûr de lui.

Nous regardons le corps de l'agriculteur qui pend au-dessus de nous, visage tuméfié, langue tirée. Pas très beau à voir.

— L'heure du décès remonte à hier vers 17 heures, annonce le médecin. Ce n'est qu'une estimation à partir de la température corporelle externe. Je vous dirai cela avec exactitude après l'avoir décroché, mais ça ne devrait pas beaucoup changer.

Bel euphémisme pour dire que, une fois qu'il l'aura couché par terre, le légiste prendra la température rectale du cadavre, moment où j'en profiterai, bien entendu, pour aller faire un tour dehors respirer l'air vivifiant des champs…

— Soit quelques heures à peine après que l'on a terminé la perquisition et que l'on est partis de chez lui, dis-je.

— Je vais vous raconter une histoire, reprend le chef, perdu dans son monde, l'histoire d'un homme qui tue sa femme avec l'aide de sa maîtresse, et qui, dix ans après, tue le seul être qui lui reste sur Terre, s'en débarrasse en le découpant à la scie avant de le balancer dans le chaudron à cuisson d'une usine de confiture pour le faire disparaître. Pris de remords – parce qu'il faut bien avouer que c'est horrible –, il se pend. D'ailleurs, tant qu'on y est, il a peut-être tué sa maîtresse aussi, à l'époque.

Quand je vous disais que l'on prend vite goût au crime !

— Vous avez peut-être raison, chef, même si je suis un peu déçu que tout cela se termine de la sorte. Nous ne sommes pas dans un roman policier où tout est toujours si complexe. Nous sommes dans la vraie vie. Simple, claire, sans surprises. Dans 80 % des cas de meurtres commis sur enfants, le coupable est le beau-père ou la belle-mère. Nous étions face à un cas d'école… Bravo ! Je vous laisse l'honneur d'aviser le maire que mon travail est terminé ici. Lundi, je repartirai à la grande ville.

Clac ! Plus de piles.

Annexe 2 de la lettre 5
Transcription commentée de la bande 6

2e audition du maire

— Jamais je n'aurais cru Félicien capable de commettre une telle barbarie. Sur Joël, qui plus est. Cela me bouleverse. Et puis son suicide, toutes ces morts qui s'abattent sur P. ces jours-ci. Quelle tristesse… Sans compter que Félicien était l'un de mes meilleurs fournisseurs de fruits frais. Ses groseilles, mon Dieu, je me damnerais pour ses groseilles…

Le maire secoue la tête, la mâchoire crispée.

— Quand je vous disais l'autre jour avec Alfonse, reprend-il, l'homme à la double vie, on ne connaît jamais les gens…

— Vous avez raison, dis-je. On croit avoir affaire à un maire intègre et on tombe sur un entrepreneur qui ne pense qu'à ses petits pots de confiture.

— Pardon ?

— Vous avez saboté vos propres lignes téléphoniques pour que la nouvelle du meurtre de Joël ne se répande pas.

Silence.

— Je ne vous permets pas ! s'exclame-t-il soudain.

— Je ne me permettrais pas si je n'en étais pas certain. J'avais des doutes dès le début. Depuis que madame la procureur m'a appris que vous l'aviez appelée le lundi midi, propos ensuite confirmés par le chef Jean-Charles Provincio, ici présent, qui, ce matin-là, téléphonait à tout vent pour gérer la crise que l'orage avait générée.

— Oui, le téléphone fonctionnait lundi matin, et alors ?

— Et alors ? Suis-je le seul à être un tantinet logique ici ? Si les postes avaient été endommagés et les lignes coupées par l'orage de dimanche, le téléphone n'aurait pas dû être opérationnel lundi matin.

— Je comprends ce que vous dites, mais vous savez, ce moyen de communication est en voie de développement. Un Français sur sept seulement a le téléphone, inspecteur. À P., seuls l'hôtel, la caserne de la Brigade verte et la mairie disposent d'un appareil. Vous faites confiance à une technologie aussi peu répandue, vous ?

— Je fais confiance en ma logique, monsieur le maire. Vous passez votre important coup de fil à midi au tribunal de grande instance, et hop, comme par magie, juste après, vers 12 h 30, la ligne est coupée. Je n'ai jamais aimé la magie, ni les coïncidences, monsieur le maire. Sans compter qu'un témoin, dont je tairai l'identité, est tombé sur deux larrons en train de jouer les escaladeurs de pylônes à cette heure-là… Dont un certain Roger. Je suis sûr que si je cherche un peu, je trouverai un Roger qui travaille pour vous, soit à la mairie, soit à l'usine de confiture… Peut-être même aux deux. Un homme de confiance prêt à grimper sur des poteaux pour couper des fils pour vous. Je cherche ? Dites-moi. Je le cherche, ce Roger ?

Le coup de grâce.

Le maire plante son regard dans le mien, me jauge, estime que son adversaire, pour la première fois de sa vie, est plus fort que lui et abdique. Le ton autoritaire devient tout à coup suppliant :

— Si la presse apprend ce qui est arrivé à Joël et où on l'a retrouvé, jc suis perdu, vous comprenez, inspecteur ? Ma fabrique est une affaire naissante. Chaque nouveau jour est important. Je dois acquérir la confiance des professionnels. J'ai tout misé dessus, je vous ai expliqué, un seul grain de sable dans l'engrenage pourrait tout ficher en l'air, alors imaginez un cadavre !

— Et donc, tous les moyens sont bons ?

— C'était juste couper deux, trois câbles, le temps que ça se calme. Je vous ai dit, il n'y a que trois téléphones à P. La gêne était vraiment minime.

— C'était pour cela aussi, l'enterrement prématuré, l'autopsie illégale express ?

Il acquiesce d'un mouvement de la tête, un geste empreint de honte, sincère pour une fois, qu'il ne cherche même pas à dissimuler. Il fait quelques pas et perd son regard par la fenêtre, vers la place du village. En son centre, s'érige majestueusement un grand piédestal peint en blanc, n'attendant plus que la statue, qui a été commandée au meilleur tailleur de pierre de la région.

— Regardez, dit-il en semblant tout à coup se souvenir de quelque chose et en se déplaçant vers un secrétaire Empire disposé dans un coin du bureau. Elle vient d'arriver. Ils vont la fixer.

Il nous montre une plaque dorée, sur laquelle on peut lire :

À LA MÉMOIRE D'UN CITOYEN À PART ENTIÈRE, JOËL (1945-1961)

— Bien entendu, il y en aura une pour vous aussi. Une plaque avec vos noms à tous les deux. Pour les services rendus à P.

— C'est trop d'honneur, dit le garde champêtre, dont l'intégrité vaut le prix d'une plaque en laiton.

— Oh, j'allais oublier. Lundi, nous devrions recevoir la statue de Joël, nous en profiterons pour inaugurer le monument avec l'éclat qu'il se doit et la conclusion de votre brillante enquête. Inspecteur, j'espère que vous serez des nôtres. Jean-Charles vous emmènera à la gare après. Qu'en dites-vous ?

— Allez, dites oui ! lance Provincio.

— Dites oui, supplie le maire.

— Je serai là, dis-je enfin.

— Merci ! répondent-ils en chœur.

— Profitez de ce dimanche dans notre belle campagne, à vous promener ou que sais-je ? Ils annoncent du beau temps.

— Je pense que j'irai faire mes adieux aux oiseaux et aux habitants de ces bois.

Le maire sourit.

— Vous voilà devenu poète. Un véritable policier des fleurs, des arbres et des forêts !

DEUXIÈME PARTIE

LE JARDIN SECRET

Dimanche matin

Hôtel Au Bon Repos
Chambre 16
193, route départementale de P.
P.

Dimanche 23 juillet 1961

Madame la procureur de la République de M.,

Même si je ne vous enverrai cette lettre que demain matin (nous sommes en effet dimanche), il est impérieux que je prenne la plume. Il faut que je vous avoue quelque chose : ce n'est pas avec le sentiment du devoir accompli que je me lève ce matin.

J'aurais aimé identifier le meurtrier moi-même. Des aveux sur un bout de papier de sept centimètres sur deux ont un amer goût de tricherie, de facilité, qui sont autant de flèches que l'on plante dans mon amour-propre. C'est comme si j'avais lu la réponse d'une énigme avant de l'avoir résolue. Toute la magie s'effondre. L'orgueil aussi.

Mais il me faudra l'accepter.

Il fait une journée magnifique, ce qui devrait m'y aider.

Livré à moi-même, condamné à rester dans ma chambre ou aux alentours de l'hôtel, car je n'ai pas de voiture et il ne manquerait plus que je sollicite le chef Provincio durant son unique jour de congé, j'ai vu là une merveilleuse opportunité de me plonger dans les lettres d'amour trouvées chez Nazarian.

Je me suis installé à une table de pique-nique derrière le Bon Repos, à l'ombre des pins, avec un verre de vin blanc bien frais (produit par Edmond Rivières, vous vous rappelez, le grand romantique ?), et j'ai entrepris avec délice leur lecture, que j'ai plaisir à partager avec vous.

PS : À ma grande surprise, j'ai un peu mieux dormi que les nuits précédentes. On dirait que votre technique commence à faire son petit effet sur moi. Au risque de passer pour un paresseux, ce que je ne suis pas, j'ai hâte d'être à ce soir et d'aller me coucher.

(à suivre)

Lettre d'amour numéro 1

Lundi 6 janvier 1936

Mon beau brun ténébreux,

L'idée de correspondre en nous laissant des messages dans le tronc de cet arbre est une idée si romantique et exotique ! Elle ne pouvait venir que de toi, mon amour. Cela me rappelle les juifs qui écrivent des prières sur des bouts de papier qu'ils glissent dans les crevasses du mur des Lamentations en espérant qu'elles soient entendues. Leur Dieu n'existe peut-être pas mais le mien oui. C'est toi. Et je sais que tu liras mes prières.

Ainsi, chaque soir, dès la nuit tombée, je viendrai déposer une lettre dans une des cavités de ce tronc. Et je reviendrai y chercher une réponse.

Je ne pense qu'à une seule chose, toi. Je deviendrais folle si je ne t'avais pas. J'ai envie que tu me prennes, maintenant, que tu me fasses jouir comme tu sais si bien le faire. Je veux sentir tes yeux, tes mains, ta langue explorer chaque centimètre de mon corps. Je veux être tienne.

Je t'attends où tu sais pour te donner tout cela et bien plus. Mon corps et mon âme t'appartiennent déjà et tu ne le sais que trop.

Ne tarde pas.

Ta belle blonde ténébreuse

Lettre d'amour numéro 2

Lundi 3 février 1936

Mon beau brun ténébreux,

Nous sommes à la fois si près et si loin. Toi, avec ta femme. Moi, seule ici dans l'attente, interminable, de te revoir.

Te verrai-je aujourd'hui ? Nos rendez-vous romantiques rythment mes journées et sont ma raison de me lever chaque matin. Je mange en pensant à toi, j'arrose mes fleurs en pensant à toi, je pense à toi en pensant à toi… Viens à 16 heures. Je serai dans le couloir, il se peut que je n'attende même pas d'être chez moi pour te sauter dessus…

Ta belle blonde ténébreuse

Lettre d'amour numéro 3

Mercredi 4 mars 1936

Mon beau brun ténébreux,

Même si on s'est vus ce matin, j'ai encore envie de toi. Je t'attendrai où tu sais, à 15 heures. En espérant que tu aies la curiosité d'aller visiter notre arbre pour y trouver ce mot.

Je t'aime.

Et te désire.

Éternellement,

Ta belle blonde ténébreuse

Hôtel Au Bon Repos
Chambre 16
193, route départementale de P.
P.

Dimanche 23 juillet 1961 (suite)

Madame la procureur de la République de M.,

Dans ma deuxième lettre, celle du mercredi, je vous parlais de ce roman de John Steinbeck, *Des souris et des hommes*, que j'avais déjà lu étant plus jeune. J'ai pris ce livre dans ma valise parce que j'aime que mes lectures fassent écho à l'environnement dans lequel je me trouve. Cette histoire prend place dans le milieu rural, et le relire à P. me paraissait lui donner une nouvelle dimension, plus réelle celle-là. Je voulais vivre l'expérience de sentir l'odeur des arbres, de l'herbe mouillée et des champs en même temps que George et Lennie.

Vous vous demandez sûrement pourquoi je vous écris cela. Vous allez vite comprendre. J'aime relire les livres. On y trouve toujours un détail que l'on n'avait pas remarqué la première fois. C'est peut-être parce que l'on se focalise trop sur quelque chose, que l'on se met des œillères et que l'on ne voit plus le reste, qu'on ne discerne plus que ce qui nous intéresse. Une enquête, c'est un peu pareil. Il faut relire mille fois les procès-verbaux de constatations, d'auditions, et alors le détail qui change tout apparaît. C'est un peu comme avec les mots croisés, faites-vous des mots croisés, madame la procureur ? Quelquefois, il nous arrive de bloquer toute une journée sur la définition d'un mot, et puis voilà qu'au beau milieu de la nuit, alors que nous dormons du sommeil du juste, la solution surgit et nous réveille.

La solution à notre problème a donc surgi cette après-midi alors que je parcourais, comme je vous l'ai dit, à l'ombre des pins, en la douce compagnie d'un verre de vin blanc bien frais, les lettres écrites par la mystérieuse maîtresse de Félicien Nazarian. Un détail si gros que je l'avais eu sous les yeux tout ce temps-là sans le voir. Quand on lit une lettre, notre cerveau est systématiquement et inconsciemment attiré par le décryptage des phrases, on va tout de suite à l'essentiel, au fond, à ce qu'elle dit. J'abrège. L'encre, madame la procureur. Vos yeux sont tellement occupés par ce qu'ils lisent que vous ne voyez pas l'encre avec laquelle ces mots ont été écrits.

C'est en regardant Antoinette Jacquemart, la femme du gérant de l'hôtel, étendre des draps blancs à une corde tirée entre deux poteaux, à quelques mètres de moi, que j'ai pensé à cela. Je scrutais le linge éclatant à la recherche d'une tache, simple déformation professionnelle, et elle est apparue dans mon esprit.

Pris d'une intuition, le cœur battant, je me suis levé et j'ai détalé sous le regard intrigué de l'hôtelière. (« Inspecteur ? Vous allez bien, inspecteur ? ») Je suis remonté dans ma chambre, j'ai ouvert ma serviette et sorti le scellé judiciaire numéro 5. La lettre de suicide de Félicien Nazarian. Tellement opportune, cette tache d'encre ! Je me demande encore comment je ne m'en suis pas rendu compte sur le moment. J'imagine que c'est à cause de la luminosité de la pièce dans laquelle on a retrouvé Félicien pendu. Les volets étaient fermés, comme à l'accoutumée (vous vous souvenez ? Le « barricadement »), et on a allumé. Une de ces ampoules aux lueurs orangées qui n'éclairent pas si bien que ça. Mais là, à la lumière naturelle de ma chambre, le doute n'était plus possible. Et ce qui n'était avant qu'un minuscule détail est devenu une montagne. Aussi grande que celles qui entourent ce village.

La phrase de Félicien est écrite à l'encre bleu marine, alors que la tache qui cache le mot *tué*, s'il s'agit bien de celui-là, a été produite à l'encre noire. Il est souvent peu aisé de différencier ces deux couleurs. En revenant à ma table, sous les pins, un rapide coup d'œil aux trente-six lettres de la mystérieuse maîtresse me permet d'affirmer qu'elle écrivait toujours à l'encre noire…

(à suivre)

Hôtel Au Bon Repos
Chambre 16
193, route départementale de P.
P.

Dimanche 23 juillet 1961 (suite)

Madame la procureur de la République de M.,

Tout s'enchaîne si vite dans mon esprit qu'il m'est impossible d'écrire aussi vite que je pense. Je vais m'employer à vous rapporter de mon mieux, de manière ordonnée, les événements qui ont suivi.

En retournant le bout de papier, j'ai pu voir, à l'envers, la pression qu'a exercée le stylo sur la feuille, lorsque Félicien Nazarian a écrit ces trois mots : *j'ai… é Joël.*

Cependant, sous la tache d'encre, le mot imprimé en relief n'était pas *tué*, comme nous l'avions faussement déduit. Cela ne m'a pas pris plus d'une minute pour le déchiffrer : *lavé*. Le message original était :

j'ai lavé Joël. Sans doute tiré d'une lettre écrite à l'époque où Joël était encore un bébé ou un jeune enfant malade nécessitant que Félicien prenne soin de lui.

Si l'on part du principe que personne n'aurait laissé un message aussi absurde et inopiné en se suicidant, que la tache a été étalée bien plus tard, dans une encre différente, si l'on part du principe que *quelqu'un* a donc voulu nous faire croire que Félicien a tué Joël, c'est donc qu'il ne l'a pas tué.

La lettre d'adieu n'étant qu'un minuscule bout de papier déchiré, dont le texte écrit ne commence pas par une majuscule (Félicien n'avait peut-être pas fait d'études mais il savait écrire. Il parlait un bon français. S'il n'y a pas de majuscule à *j'ai* – alors qu'il en a mis une à *Joël* –, c'est donc bien un mot qui ne commence pas une phrase mais qui est extrait d'une plus grande), j'ai de fortes raisons de croire qu'il s'agit là d'un morceau de lettre écrite par Félicien du temps où il échangeait avec sa mystérieuse maîtresse par le truchement de ce que j'appelle désormais « l'arbre aux amoureux », et que ce *quelqu'un*, après l'avoir plus ou moins habilement maquillé, l'a laissé bien en vue dans le but de l'incriminer (pour quelle raison ?). *Quelqu'un*, donc. Le fils, la fille, la sœur, le nouveau compagnon, un ami de la maîtresse, toute personne qui aurait pu avoir accès, après la mort de celle-ci, aux lettres de Félicien Nazarian qu'elle avait reçues étant plus jeune. Me voilà maintenant avec de nouveaux mystères sur les bras. Qui est ce *quelqu'un* ? Est-il pour quelque chose dans le suicide du vieillard ? Ou en a-t-il seulement profité a posteriori ? Est-il le meurtrier de Joël que nous recherchons depuis le début ? Toutes ces questions embrouillent mon esprit et me glacent le sang.

(à suivre)

Hôtel Au Bon Repos
Chambre 16
193, route départementale de P.
P.

Dimanche 23 juillet 1961 (suite)

Madame la procureur de la République de M.,

Si les lignes téléphoniques avaient été rétablies, comme cela était prévu pour la fin de semaine, j'aurais immédiatement appelé le chef Provincio et lui aurais fait part de mon extraordinaire découverte. Au lieu de cela, je me suis replongé dans la lecture des lettres, persuadé que la clef du mystère se trouvait entre leurs lignes.

Deux heures ont passé et je sais maintenant qui sont BT et BT, vous savez, les initiales que j'ai trouvées dans le cœur gravé au canif sur l'arbre du chemin de pierres menant à la demeure de Félicien Nazarian.

Comment ai-je pu passer à côté ? Déjà, dans ma quatrième lettre récapitulant les résultats de ma perquisition chez le vieux « tuteur » de Joël, je vous écrivais : « Les lettres sont toutes signées "ta belle blonde ténébreuse". » J'ai honte. C'était tellement évident. À ma décharge, cela se produit souvent dans la vie. Ne vous est-il jamais arrivé de chercher pendant une heure les clefs de voiture qui étaient dans votre poche ? Où n'est-ce que purement masculin ?

BT, disais-je : Blonde Ténébreuse, la maîtresse donc.

BT : Brun Ténébreux. Félicien Nazarian.

BT + BT : ton beau Brun Ténébreux et ta belle Blonde Ténébreuse. Soit Félicien Nazarian et sa maîtresse inconnue.

Joël n'avait rien avoir là-dedans.

Il n'y a aucun doute. Dans la première lettre à notre disposition (datée du lundi 6 janvier 1936), il est question d'un arbre qu'ils utilisent à la manière d'une boîte aux lettres secrète. Sûrement celui sur lequel est gravé « BT + BT » dans le cœur. Les pièces du puzzle commencent à s'assembler.

Même s'il reste à découvrir le plus important : qui est cette mystérieuse BT ?

J'ai tiré de mes lectures que les amants ne devaient pas habiter trop loin l'un de l'autre, car leurs rendez-vous sont quotidiens, voire deux fois à la journée (« Même si on s'est vus ce matin, j'ai encore envie de toi. Je t'attendrai où tu sais à 15 heures », lettre d'amour 3), de plus, il fallait à la maîtresse laisser les messages dans l'arbre. Qu'est-ce que ce couloir (« Je serai dans le couloir, il se peut que je n'attende même pas d'être chez moi pour te sauter dessus… ») dans la lettre d'amour 2 ? Un couloir qui serait hors de chez elle. Étrange. Et « Nous sommes à la fois si près et si loin » ?

Je continue mes recherches sans délai et vous tiens au courant de leur progression, si tant est qu'il y en ait.

(à suivre)

Hôtel Au Bon Repos
Chambre 16
193, route départementale de P.
P.

Dimanche 23 juillet 1961 (suite)

Madame la procureur de la République de M.,

Cette lettre sera de loin la plus longue, car c'est celle où se met en branle la machine. La machine qu'est devenu mon cerveau, qui ne s'emploie plus qu'à une seule chose, alors qu'il devrait se reposer. Penser. Penser. Penser.

Il y a de fortes raisons de croire que Félicien Nazarian n'est pas le meurtrier que nous recherchons. Nous n'avons rien trouvé durant la perquisition de son domicile, ni sang ni arme, et la réaction du vieil homme devant le sac des Galeries Lafayette ne laisse, et vous le savez, de me tourmenter. Il le connaissait, c'est certain. Il l'avait déjà vu. Et puis, pourquoi tuer Joël, le seul être qui vous accompagne dans la solitude ?

Ce serait comme, et pardon d'être si poétique, souffler sur la bougie qui illumine votre caverne, pour tomber de votre propre initiative dans les ténèbres. J'ai du mal à y croire. Enfin, ce mot d'adieu, maquillé d'une tache d'encre, laissé sur la table du salon bien en évidence, incriminant Félicien…

Je suis descendu et j'ai prié Raymond de bien vouloir me conduire jusqu'à la maison du défunt. Je voulais inspecter l'arbre qui avait été témoin de la belle histoire d'amour entre lui et BT.

Pourquoi ? me demanderez-vous. Eh bien, je pensais y trouver, entre ses cavités, une lettre oubliée qui résoudrait un peu de ce mystère, une pièce de plus de ce puzzle, *la* pièce décisive. Je n'avais pas grand espoir, mais on ne sait jamais. J'aurais regretté toute ma vie de ne pas avoir essayé. La suite se trouve dans les Annexes 1, 2 et 3 de la présente. Vous allez voir, c'est saisissant.

(à suivre)

Annexe 1 de la lettre 6
Transcription commentée de la bande 6

Audition du gérant de l'hôtel (aller)

— Il y a combien de temps que vous êtes gérant du Bon Repos ?

Raymond est grand et mince. Vu de profil, pendant qu'il conduit, son nez aquilin prend des proportions gigantesques. Il est chauve et les quelques cheveux qui lui restent sur les côtés sont blancs.

— Depuis… longtemps. (Il soupire.) Je… je ne me souviens plus bien des choses.

(Démence sénile, je pense aussitôt. Ainsi que les règles à ne jamais transgresser : ne pas dire à quelqu'un de malade qu'il a tort, toujours lui laisser l'opportunité de sauver la face.)

— Avant, je travaillais au tabac du village. J'ai voulu monter ma propre affaire.

— Vous connaissez donc tous les habitants de P. ?

— On se connaît tous ici.

— Je recherche une jolie femme blonde.

— Oh… inspecteur, il n'y a pas de… enfin, vous voyez, il n'y a pas de ça à P.

— Non ! Ce n'est pas ce que vous croyez. J'ai de fortes raisons de penser que M. Nazarian avait une maîtresse, une jeune femme blonde, fort jolie, dans les années 30-40. Et je voulais savoir si vous aviez une idée de qui cela pouvait être.

— Une maîtresse ? Le Félicien ? Si ça avait été le cas, tout le monde l'aurait su. Vous devez faire erreur.

— Nous avons trouvé des lettres entre elle et lui.

— Oh (il marque une pause, le temps d'assimiler cette surprenante information, puis reprend :) Une jolie blonde, vous dites ? Comme ça, là, je vois pas. Mais j'y réfléchirai, inspecteur.

La voiture entre sur le chemin de pierres.

— Arrêtez-vous là, dis-je en apercevant l'arbre. Et attendez-moi, s'il vous plaît, je n'en aurai pas pour longtemps.

Hôtel Au Bon Repos
Chambre 16
193, route départementale de P.
P.

Dimanche 23 juillet 1961 (suite)

Madame la procureur de la République de M.,

Il y avait une feuille de papier pliée en deux dans une des nombreuses cavités de l'arbre (je vous la joins à la suite) !

C'est avec l'émerveillement d'un pirate qui découvre un trésor enterré que je l'ai retirée du bout des doigts (ils sont assez fins, ma mère me dit toujours que j'ai des mains de pianiste et que c'est bien dommage que je les abîme sur les machines à écrire de la police, enfin bref). Je l'ai ouverte avec une nervosité que vous ne pouvez même pas imaginer. Mes yeux sont directement descendus à la signature. La belle blonde ténébreuse. Une lettre de la maîtresse qui n'avait jamais été lue par Félicien. Quand je vous parlais d'un pirate qui découvre un trésor, je n'exagérais pas…

(à suivre)

Dernière lettre d'amour oubliée

Mercredi 18 mai 1951

Mon beau brun ténébreux,

Je n'en peux plus, depuis que je sais que nous partons demain pour Paris, je ne dors plus.

La capitale, les Champs-Élysées (cela changera des champs d'ici !).

M'inviteras-tu à faire un tour en bateau sur la Seine ? Dis oui, j'en mourrais autrement !

Je prendrai de belles robes, je serai tienne le temps de ces trois jours. Et toi à moi, tu te rappelles ? Tout entier. Plus rien d'autre ne comptera. Nous serons loin de tout. Nous dormirons enfin ensemble la nuit. Nous ferons l'amour, boirons, mangerons ensemble, referons l'amour, respirerons ensemble l'air de la grande ville, nous nous promènerons, main dans la main, bras dessus, bras dessous, ou ta main sur mon épaule, dis, oseras-tu ? Comme si nous étions un vrai couple. Mais nous sommes un vrai couple, pas vrai ?

Alors disons, comme si nous étions mariés. Légitimes. Toi à moi et moi à toi. Nous mettrons des lunettes de soleil, si tu veux, je mettrai un foulard, mais personne ne nous reconnaîtra, nous ne connaissons personne là-bas.

Je ne peux plus attendre, mon chéri.

M'emmèneras-tu faire les magasins ? J'ai lu dans le journal qu'Édith Piaf, que tu sais que j'aime tant, se produira aux Galeries Lafayette, pile quand nous y serons. J'adorerais que tu m'amènes la voir. La vie en rose, c'est celle que je vis avec toi.

Ils inaugurent le plus haut escalator d'Europe. Nous y monterons, dis ?

Je t'aime.

À demain à la gare.

PS : Nous nous verrons ce soir à la fête du village. Si tu peux te débarrasser de ta femme quelques minutes, je te volerai un baiser. Je crains de ne pas trouver le sommeil cette nuit… Du Torrox serait bienvenu.

PS 2 : Bon anniversaire à Joël ! Six ans déjà !

Ta belle blonde ténébreuse

Annexe 2 de la lettre 6
Transcription commentée de la bande 6

2e audition du gérant de l'hôtel (retour)

Pendant quelques secondes, j'ai bien cru que Raymond m'avait oublié. Il a redémarré la voiture et a commencé à faire marche arrière sur le chemin. Je l'ai regardé s'éloigner, ne sachant comment réagir, toujours sonné par la lettre que je venais de lire. Mais il est revenu. Il réalisait juste une manœuvre pour se mettre dans le bon sens de la marche.

Alors, nous sommes repartis vers l'hôtel.

— Vous avez trouvé ce que vous vouliez ?

— Plus que ça.

La clef du mystère est dans ma main (Pièce à conviction numéro 6).

Paris. Les Galeries Lafayette. Je jette un coup d'œil sur la date, le 18 mai 1951, puis je repense à la datation des sacs dans lesquels on a retrouvé les membres de Joël : 1948 à 1952. Ça correspond. Un frisson me secoue.

(Félicien Nazarian et sa maîtresse sont partis passer quelques jours à Paris. Voilà ce que BT attendait avec tant d'impatience, voilà l'explication de son : « Je n'y tiens plus, plus que deux jours, plus que deux jours ! Et je serai à toi, et tu seras à moi, tout entier. Je crois devenir folle. » Il n'était en aucun cas question de tuer Mireille, mais de partir en voyage. Félicien n'a pas eu le temps, ou l'idée, d'aller voir dans l'arbre avant de partir. Il n'y aura plus de lettres après. À leur retour, l'épouse est morte et ils n'ont plus besoin de communiquer par le truchement de messages secrets. Et « l'arbre aux amoureux » gardera son secret pendant dix ans.)

— J'ai repensé à votre question, inspecteur. La jolie blonde. Foutue mémoire. Ma femme dit que je devrais manger plus de poisson, que ça aide, mais le docteur dit que ça va aller en empirant, je les ai entendus en parler tous les deux comme si c'était quelque chose qui ne me concernait pas et dont il fallait me préserver, mais moi je sais que c'est pas en bouffant du poisson que ça va s'arranger. Un jour, je ne me rappellerai plus de rien, même plus d'Antoinette et de Paulo.

Ses yeux deviennent rouges. Je ne sais pas quoi lui dire. Trois ans d'études en psychologie pour demeurer silencieux devant un homme en détresse.

— Vous y croyez, vous, à l'histoire du poisson ?

— Bien sûr, Raymond, dis-je pour le rassurer, car cela ne coûte rien de rassurer les gens.

Il dodeline de la tête.

— Bon, pour le moment, quand on n'a plus de cervelle, eh bien, il reste les photos…

Et il me lance un grand sourire.

Clac ! Fin de la bande. Remplacement par la 7.

Annexe 3 de la lettre 6
Transcription commentée de la bande 7

3e audition du gérant de l'hôtel

Oui, les photos, c'est meilleur que tout le magnésium du monde. C'est marrant de dire cela, parce que le magnésium servait comme combustible dans les flashs photographiques, à l'époque.

Raymond Jacquemart habite au rez-de-chaussée de l'hôtel, avec sa femme, Antoinette, son fils de vingt ans, Paulo, et le berger allemand le plus silencieux du monde. Depuis que je suis arrivé, il n'a aboyé qu'une seule fois, contre un lézard qui avait gêné sa tranquillité (et après, on parle d'une « vie de chien » !). Le gérant m'a laissé au salon, assis sur le canapé avec un café, pour aller chercher des photographies. Je m'attends à ce qu'il revienne les bras chargés d'albums, mais, quand il entre à nouveau, il n'a qu'un seul cliché entre les doigts.

— Une photo de la fête du village du 18 mai 1945. Pas que je me souvienne, c'est écrit derrière ! On célébrait la fin de la guerre à notre manière. Dix jours après tout le monde ! On a eu beaucoup de chance. On n'a souffert d'aucun bombardement et on n'a perdu personne. On a toujours pensé qu'il y avait une espèce d'ange gardien à P. qui nous protégeait de toutes les horreurs du monde, comme s'il y avait entre nous et le reste de la planète un mur invisible infranchissable qui laisserait tous les problèmes et les misères à la porte. Enfin, jusqu'à Joël…

— C'est drôle, dis-je, c'est le jour où il est né.

— Quoi ?

— Eh bien, le 18 mai 1945. La photo a été prise le jour de sa naissance.

— Peut-être, je ne sais plus.

Il me tend la photo en noir et blanc. La scène se passe sur la place du village, je reconnais le bâtiment de la mairie. Les balcons sont ornés de fleurs et de drapeaux bleu, blanc, rouge. Il y a une trentaine de personnes, toutes debout, qui, verre à la main, éclat de rire au visage, étoiles dans les yeux, fêtent la fin de l'une des pages les plus terribles de l'histoire de France. Des hommes et des femmes, heureux d'être vivants. Célébrant la vie.

Je chausse mes lunettes et identifie aussitôt Basile Boniteau au premier plan, levant une coupe de champagne et affichant un air victorieux, Jean-Charles Provincio, derrière, en habits de ville (cela fait bizarre de ne pas le voir en uniforme kaki), la moustache lui dessinant un deuxième sourire, la pharmacienne et Edmond Rivières se tenant par les hanches, et quelques autres têtes que je ne connais pas. Sur la droite, Félicien, plus jeune, plus séduisant, enlace une brune qui doit être Mireille. Je cherche Joël, par automatisme, un bébé dans un landau ou dans les bras de quelqu'un, mais qui emmènerait un nouveau-né à une fête, avec une maman au bord de la mort, affaiblie par l'accouchement ?

Et c'est en le cherchant, lui, que je la trouve, elle.

Je ne la vois pas tout de suite, parce que cette partie-là de la photographie est un peu plus sombre, mais derrière le couple Félicien et Mireille, je crois apercevoir une femme blonde d'une quarantaine d'années, chevelure pimpante à la Marilyn Monroe, à qui elle ressemble de manière troublante. C'est la seule à ne pas regarder l'objectif et à ne pas sourire. On ne voit pas trop bien, mais on dirait qu'elle est plus intéressée par le couple qui est devant elle que par l'ambiance générale de la fête.

— Qui est-ce ? je demande en posant mon index juste au-dessous de son visage.

— Faites voir. Tiens, c'est une blonde. C'est celle que vous recherchez ?

— Peut-être, dis-je, alors que je pense *sûrement*. Vous la connaissez ?

— Attendez.

Raymond s'excuse, s'en va dans la pièce d'à côté et revient quelques secondes plus tard avec une paire de lunettes sur le nez.

— Là ? La blonde ? me demande-t-il comme s'il avait déjà oublié de quoi nous parlons.

— Oui, je réponds, le cœur battant.

Il fixe le cliché quelques instants. Puis ferme les yeux. Quand il les ouvre à nouveau, il est en larmes.

— Je sais pas, inspecteur, je sais plus. Je me rappelle plus, murmure-t-il, honteux, dans un sanglot.

Brigade verte
Police des fleurs, des arbres et des forêts
3, place de la Mairie
P.

Dimanche 23 juillet 1961

Madame *la* procureur de la République de M.,
Madame *le* procureur de la République de M.,
(rayez la mention inutile)

Je suis le garde champêtre chef Provincio. Je vous ai déjà écrit, vous savez, pour les résultats sur la recherche des fleurs dans les jardins de P. Vous avez eu la *Gaillardia clemens* ? Elle devait être sèche quand vous l'avez reçue. J'espère juste qu'elle a pas perdu ses belles couleurs.

Si je vous écris aujourd'hui, c'est parce que, en plus du fait que les lignes téléphoniques ont pas encore été réparées, je voulais vous dire la vérité. Tout le mérite de l'enquête revient à l'inspecteur. L'inspecteur est un homme sympathique, professionnel, organisé, il connaît beaucoup de choses. Moi, je me suis contenté d'être son chauffeur, de lui montrer une gaillarde que j'ai arrachée d'un vieux livre de botanique et de chercher une fleur dans un jardin. Mon rôle représente vraiment pas grand-chose.

Cela dit, madame la procureur, je serais pas honnête avec moi-même si je vous annonçais que je suis satisfait de la conclusion de cette affaire, dont j'imagine que l'inspecteur vous a avisé. Le Félicien a toujours été un bon gars, et même si je savais pas qu'il avait une maîtresse, je me demande d'ailleurs comment il a fait pour le cacher à tout le monde dans un village de trois cents habitants, il aurait jamais pu faire au pauvre Joël ce qu'on dit qu'il a fait. Je l'ai cru un moment, quand on était chez lui et qu'il était là, pendu. Et puis j'y ai repensé. Quand même, tuer son Joël en lui tranchant la gorge d'un coup de scie, le découper en morceaux, le mettre dans des sacs et le balancer dans un chaudron à confiture, j'y crois pas. Pas qu'il soit trop vieux, mais parce que le Félicien, il aurait pas pu faire ça à son Joël. J'ai pas de preuves pour avancer ce que je dis, mais croyez-moi sur parole, madame la procureur, parce que, si je suis pas le meilleur des gardes champêtres, si j'ai jamais enquêté sur un meurtre avant, il y a un truc que je sais, c'est qui sont les habitants de P. Je les connais, madame, par cœur, parce qu'on a passé toute notre vie ensemble, depuis petits. Et je vous répète que le bon Félicien, il a pas pu faire ça.

L'inspecteur est pas au courant que je vous écris. C'est à cause du téléphone qui marche pas. Je pourrais bien prendre la voiture et aller le voir à son hôtel pour lui dire, mais j'ai honte. Honte d'arriver et de lui crier « On s'est trompés ! », ou je sais pas quoi. Un garde champêtre qui dit à un inspecteur de police de la grande ville, même s'il a que vingt-quatre ans, qu'il s'est trompé, c'est pas très élégant.

J'ai beaucoup pensé ce matin. J'étais dans mon lit, j'aurais dû faire la grasse matinée, on est dimanche, mais j'arrêtais pas de penser. Vous savez, cette histoire avec les Galeries Lafayette, ça m'a travaillé. L'inspecteur m'a dit de chercher qui avait pu aller à Paris, aux grands magasins, mais la vérité, j'en sais rien. Ce que je sais, par contre, c'est qu'un jour Martine Moinard, la voisine de Félicien, la folle comme on dit ici, eh ben, elle s'est mise à porter des chapeaux. Des chapeaux de toutes les tailles, de toutes les couleurs. Ça lui allait bien. Elle était jolie, très jolie. Tous les jeunes hommes du village voulaient s'acoquiner avec elle, et je vais pas vous le cacher, madame la procureur, moi aussi. Alors je me dis, ces chapeaux, il a bien fallu qu'elle les sorte de quelque part. Qu'elle les achète quelque part. Et puis, des boîtes à chapeaux, c'est gros, ça se met dans des grands sacs. C'était il y a dix ans, en 1951 donc. L'inspecteur m'a dit que la date des sacs, c'était de 1948 à 1952. Alors ça colle. Surtout que Martine était blonde quand elle est arrivée au village. Elle s'est teint les cheveux en noir bien plus tard, quand elle a commencé à courir les garçons. Ça lui donnait des airs de diablesse. Sur le moment, quand l'inspecteur m'a posé la question, j'ai pas pensé à tout ça. Je voyais pas qui pouvait être la blonde ténébreuse des lettres. J'ai pas fait le rapprochement. Faut me comprendre, ils se détestent ! En plus, je croyais qu'elle était morte. Le Félicien nous avait dit qu'elle était morte. Mais bon, un mensonge de plus ou de moins…

Et puis, je pensais pas que ce pouvait être Martine à cause des lettres de 1936 qu'on a trouvées. Je les ai pas lues (c'est l'inspecteur qui devait s'en charger), mais j'ai bien vu les dates quand on les a feuilletées. Oh, vous ne savez pas. Martine a passé une bonne partie de l'année 1936 enfermée chez elle. Elle sortait plus du tout, même pas pour les courses. Elle se faisait livrer les repas par une dame, Muriel Granier, qui a ensuite créé une association, Le verre solidaire, pour apporter à manger aux personnes âgées ou infirmes de la région. Comme Martine était pas vieille, on en a déduit qu'elle était malade. On a bien demandé à la Muriel mais elle la voyait pas, elle non plus. Elle déposait le plateau-repas sur le pas de la porte puis repartait. Martine lui a jamais ouvert la porte. Quand la Muriel revenait un peu plus tard apporter le repas du soir, elle retrouvait le plateau vide sur le paillasson. Alors, si durant des mois Martine était restée recluse chez elle, comment est-ce qu'elle aurait pu envoyer ou faire passer ces lettres au Félicien ?

Faut que j'y pense maintenant, alors que je devrais faire la grasse matinée, c'est bizarre la mémoire. Ça vous prend ~~comme une envie de pisser.~~ Pardon de faire des ratures, madame la procureur.

Et puis, je me dis aussi que cette histoire de huit sacs des Galeries Lafayette, ça peut pas être un homme. Un homme, avec un manteau et un pantalon, il est content. Mais huit sacs ! Sauf votre respect, madame la procureur, y a qu'une femme pour acheter autant de choses dans un magasin. Cherchez la femme, qu'on dit toujours. Qu'est-ce qu'il va bien pouvoir mettre, l'homme, dans huit gros sacs, hein ? Qu'est-ce qu'il va bien pouvoir s'acheter ? Un manteau, un pantalon, allez, une veste, ça fait que trois. Alors, pensez, huit ! Des chapeaux, Martine, elle en avait pas mal. Peut-être huit. Je sais plus. C'est si loin tout ça. Je me rappelle d'un qui était rouge, en osier, y en avait un jaune, un grand vert, un rose, un avec une fleur, un noir élégant, vous voyez, ça fait déjà six, oui, elle en avait pas mal, elle aurait pu en mettre un différent chaque jour de la semaine. Sept donc. Alors peut-être huit… Elle portait des lunettes de soleil avec et on aurait dit une star de Hollywood.

Maintenant que j'écris ça, je repense à la première lettre d'amour de leur relation. On l'a trouvée pendant la perquisition, avec trente-cinq autres, à croire qu'ils s'aimaient beaucoup pour s'écrire autant. Elle est datée du 6 janvier 1936. Et si je me souviens bien, Martine Moinard est arrivée à P. fin 1935. Je peux vérifier au bureau.

Madame la procureur, je sais pas quoi faire de tout ça.

Je vous ennuie peut-être avec mes histoires. Je sais même pas quand ma lettre arrivera, si elle vous arrive. Je ferais peut-être mieux de la déchirer et de laisser les choses comme elles sont. Le Félicien a tué Joël et puis c'est tout. Pourquoi chercher plus compliqué ?

Très respectueusement,

Le garde champêtre chef

Dimanche soir

Tribunal de grande instance de M.
1, rue Condorcet
M.

Samedi 22 juillet 1961

Monsieur l'officier de police,

Il est 19 h 30, j'allais quitter mon bureau et voilà que je reçois votre lettre et cette excellente nouvelle qui va égayer mon week-end.

Je vous ai lu avec enthousiasme et soulagement.

Je me joins au maire de P. (je me demande encore s'il est opportun de le poursuivre pour dégradation de biens publics ou pas...) pour vous féliciter pour votre brillant travail et la rigueur de vos rapports.

Votre nom sera désormais fixé sur une plaque sur un monument sur la place de P. pour l'éternité aux côtés de votre nouvel ami Jean-Charles Provincio. Vous pourrez y retourner un jour avec vos petits-enfants et vous enorgueillir d'un tel hommage. Et dire qu'il y a encore six jours vous ne connaissiez pas ce village !

Bravo, donc, pour l'élucidation de cette sordide affaire, même si la justice n'aura pas, cette fois-ci, la responsabilité de l'application de la peine. On dirait qu'à la guillotine Félicien Nazarian a préféré la pendaison.

En récompense, je n'ai pas de plaque à vous offrir, mais, comme je vous l'ai promis, un billet de train pour la capitale afin de vous rendre à l'exposition des Galeries Lafayette sur le thème des États-Unis, ce qui devrait vous consoler, je l'espère. Et vous remettre de bon pied pour reprendre le service. Rapidement. Vous avez peut-être perdu la notion du rythme effréné de la ville. Le crime n'attend pas !

J'imagine que vous profiterez de votre dimanche et que vous ne rentrerez que lundi, après la cérémonie d'inauguration du monument. Venez donc me voir en arrivant, nous irons manger un morceau ensemble (cela vous changera des confitures !) dans ce charmant bar qui vient d'ouvrir au coin de la rue Condorcet, à deux pas du tribunal, et fêter cela à notre manière. Ils y préparent des *prawn-cocktails*, un nouveau plat venu tout droit du Royaume-Uni : des crevettes servies dans un verre à pied avec de la sauce aux endives. Je sais que, dit comme ça, cela ne donne guère envie, mais cela ne devrait pas effrayer quelqu'un qui a déjà goûté de la tête de veau !

Oh, j'allais oublier.

Devant l'absence de nom de famille de la victime, je me suis permis de demander une recherche à l'état-civil de la commune avec les différents éléments que vous m'avez donnés. « Joël, fils de Martin et Lydie, né le 18 mai 1945. » C'est maigre, je sais, mais cela aurait dû suffire pour un village comme P. Or, à ma grande surprise, aucun Joël n'est recensé dans le registre. Ni les jours d'avant, ni d'après. C'est étrange. Sans doute une erreur ou un oubli. Il faut se remettre dans le contexte. C'était la fin de la guerre, il n'est pas étonnant qu'il régnât un certain chaos dans l'administration à ce moment-là. Il règne encore aujourd'hui, d'ailleurs...

Très cordialement,

La procureur de la République

PS : J'ai laissé une note pour que cette lettre parte en service de nuit. Je doute qu'elle vous soit délivrée demain dimanche, mais comme vous avez promis au maire de rester lundi pour l'inauguration, vous devriez la recevoir dans la matinée. Je vous souhaite un excellent week-end, même si, quand vous lirez ces lignes, il sera déjà terminé.

PS 2 : Le garde champêtre a collé une gaillarde dans son rapport avec un bout de scotch (c'est très touchant). C'est une belle fleur. J'attendrai votre retour pour la joindre à la procédure comme pièce à conviction. Bien qu'elle soit tombée de la semelle ou de la poche de ce sinistre meurtrier, je n'ai pu m'empêcher de la punaiser au mur derrière mon bureau, où elle a parfaitement sa place (après tout, ne tient-elle pas son nom de Gaillard de Charentonneau, magistrat et botaniste amateur ?) et nombreuses sont les personnes qui s'y sont déjà intéressées en passant me voir. La dernière en date : Mlle Nathalie

Fernandez, greffière, jardinière à ses heures perdues, qui a tout de suite reconnu la *Gaillardia clemens. Clemens* parce que « douce », une fleur « d'une grande fragilité », selon elle, « surtout en hiver, où elle gèle facilement », son oncle en cultive de ce fait toute l'année en serre. Maintenant que j'y pense, si vous avez trouvé l'assassin, subsiste toujours le mystère que cette fleur porte avec elle. Votre garde champêtre a inspecté les jardins, en vain, et si Félicien Nazarian les cultivait en serre ? ou dans un endroit clos ? Où Joël a-t-il donc été tué ? J'ai bien peur que l'on ne réponde jamais à ces questions puisque le meurtrier est mort et ne parlera plus. Enfin, tout cela n'a guère d'importance maintenant. Encore bravo !

Hôtel Au Bon Repos
Chambre 16
193, route départementale de P.
P.

Dimanche 23 juillet 1961

Madame la procureur de la République de M.,

Il est 17 heures et je viens de recevoir votre lettre. Un dimanche ! Il n'y a qu'ici que l'on peut voir cela ! « Tant qu'y a des trains, y a du courrier ! » m'a dit le facteur en me livrant à l'hôtel. Si j'avais su, je vous aurais envoyé la lettre que je vous ai écrite ce matin, vous auriez ainsi été avisée des nouveaux rebondissements. Mais il est trop tard. Le dernier train est parti. Je vous expédierai tout cela demain.

Je reviens de « l'arbre aux amoureux » et reçois vos félicitations ainsi qu'une invitation à découvrir l'appétissant *prawn-cocktail*, mais je ne pense mériter ni les unes ni l'autre. Le doute a assailli mon esprit et le hante. Je ne m'explique pas l'absence de Joël dans les registres de l'état-civil. Quant aux gaillardes... les propos de votre greffière tournent dans ma tête depuis que je les ai lus. Une fleur fragile, une serre, un endroit clos, BT, la maîtresse blonde. Et alors, tout devient clair !

Courez vite à l'Annexe 1 !

Très respectueusement,

L'officier de police

(Notes prises sur la Bible trouvée dans la table de nuit de la chambre 16 et datées du dimanche 23 juillet 1961.)

Ne pas se laisser charmer par une suspecte.

(Écrire cela en marge de la Genèse sur une Bible quand on ne croit même pas en Dieu !) Ne pas se laisser charmer par ~~Eve~~ Elvire.

S'employer à ne jamais rien ressentir pour une suspecte.

Annexe 1 de la lettre 7
Transcription commentée de la bande 7

2e visite à la fleuriste

Raymond est à la réception lorsque je descends, « dévale » serait le mot exact, les escaliers. Il est en train de classer des papiers. Quand on habite sur son lieu de travail, on travaille tous les jours, même le dimanche. Il lève la tête et me sourit. Je me demande s'il se souvient de moi.

— Je me rappelle toujours pas de la blonde de la photo, me dit-il. Et Antoinette est sortie. Antoinette, c'est ma mémoire, vous savez.

— Ce n'est pas grave, Raymond, nous verrons cela plus tard, pour l'instant, il faut que vous m'emmeniez chez Elvire Puget, la fleuriste, je suis vraiment désolé d'abuser de votre gentillesse, mais c'est urgent !

Je n'ai même pas à lui faire le coup de la réquisition de véhicule, il accède volontiers à ma demande.

Face à la lenteur de l'hôtelier sur la route, j'ai envie de lui arracher le volant des mains et d'appuyer sur l'accélérateur. Heureusement, l'hôtel n'est qu'à quelques kilomètres de P. et aucun tracteur ou troupeau de moutons ne vient freiner notre lente croisière.

Elvire Puget est blonde. Et son tempérament correspond bien à celui de cette BT, elle s'est presque jetée sur moi quand je suis entré dans son magasin mercredi dernier et n'a cessé de flirter tout du long. Ce que j'ai pris pour du charme n'était peut-être que des manœuvres de séduction afin de me faire baisser la garde. Elvire est fleuriste et nous recherchons une personne qui cultive les fleurs. Cependant, à sa décharge, je dirais à vue d'œil, et je me trompe rarement en la matière, qu'elle frise la trentaine, ce qui voudrait dire qu'en 1936, elle avait aux alentours de cinq ans. Un peu jeune pour écrire des lettres, qui plus est enflammées, et avoir un amant de quarante-sept ans, vous ne trouvez pas ? D'un autre côté, si elle est BT, cela signifie que Félicien nous a menti, qu'elle n'est pas morte. Or, pourquoi aurait-il menti à ce sujet ? Pour garder le secret intact ? Alors que sa femme est décédée il y a dix ans et qu'il n'a plus aucun intérêt à cacher la vérité ? Il y a sûrement une réponse à toutes ces questions. Et si Elvire était la fille de la mystérieuse maîtresse… ?

Arrivés rue de la Pierre-Blanche, je demande à Raymond de se garer et de m'attendre, puis je cours jusqu'au magasin. Ce n'est qu'à cet instant précis que passe dans mon esprit l'éventualité qu'Elvire Puget n'habite peut-être pas là, sur son lieu de travail, ce qui serait le plus logique. Que ferai-je s'il n'y a personne ? La chercher ? Entrer par effraction dans sa boutique ? (J'ai honte d'avoir de telles pensées, madame la procureur, mais ce n'est pas à vous que je vais apprendre la roublardise qui peut animer un policier entêté et surexcité par une intuition.) Heureusement pour mon matricule, la jeune femme est là, occupée à ranger des pots. Quand elle me voit à travers la vitre, elle semble étonnée, puis contente.

— Où courez-vous ainsi, inspecteur ? me lance-t-elle en ouvrant la porte, qu'accompagne un léger son de cloche. Acheter des chrysanthèmes pour Joël ?

Des chrysanthèmes pour vous, je pense alors, si mes doutes sont avérés. Et, sans décrocher un mot, je me dirige vers le comptoir, ouvre la porte et longe le couloir obscur qui mène au patio. Derrière moi, j'entends les « Inspecteur ! », « Que se passe-t-il, inspecteur ? » affolés d'Elvire.

Je traverse les allées de bacs, tire la porte en plastique de la serre et me précipite sur les *Agathea* violacées.

(Elvire était au courant depuis le début que nous recherchions la *Gaillardia clemens*, avant même que j'arrive à P., *cf.* Lettre 1, Annexe 2, transcription de la bande 1 : « — Quand je suis passé la voir, la fleuriste avait aucune idée non plus. — Quand avez-vous parlé avec elle ? — Hier après-midi, après l'autopsie. » Et puis ma visite dans sa serre le mercredi, *cf.* Lettre 2, Annexe 3, transcription de la bande 3 : « Même si je ne suis pas un expert en la matière, je note que la forme des fleurs est en tout point identique à celles que je recherche, mais leurs pétales, qui finissent en pointe, sont d'un bleu violacé. » « La même forme » « mais pas la même couleur ». L'encre noire et l'encre bleue des lettres de BT et BT. Les fleurs et l'encre. De l'encre sur les fleurs…)

— Qu'est-ce que vous faites ? me lance Elvire, arrivée derrière moi.

Mes doigts fébriles s'approchent des pétales. Je les frotte de manière énergique. Je m'attends à avoir aussitôt de l'encre bleue sur les mains et à voir apparaître dessous la gaillarde bicolore, rouge aux pointes jaunes, la *Gaillardia clemens* triomphale.

Annexe 2 de la lettre 7
Transcription commentée de la bande 7

2e audition de la fleuriste

— Je suis désolé, Elvire, dis-je en sortant de la serre, dépité.

La pulpe de mes doigts est bien bleue. Pas de l'encre que je pensais enlever des pétales maquillés, mais des morceaux de fleur que je viens d'écraser sauvagement.

— Ça vous arrive souvent d'entrer chez les gens pour bousiller leurs fleurs ?

— C'est la première fois de ma vie. Je m'excuse.

Mlle Puget ouvre la porte de la tente en plastique, constate que je n'en ai mis en pièces que deux ou trois et la referme. Je perçois du soulagement. Et de la rancœur.

— Il faudra me dédommager pour la perte.

— Pas de problème, dis-je en ouvrant mon portefeuille.

— Je ne veux pas d'argent. Vous allez m'accompagner dans les bois. Je vais vous apprendre à cueillir des fleurs. Et quand j'estimerai que ce que vous avez ramassé vaut ce que vous avez détruit, alors nous serons quitte.

— Cela me paraît juste.

— L'*Agathea* est très chère, vous savez. Il vous faudra en ramasser beaucoup…

Elle sourit enfin.

— Vous pouvez laisser votre sacoche ici, me propose-t-elle.

— Elle ne me quitte jamais.

Une fois dans la rue, je m'aperçois que Raymond est toujours là, à m'attendre bien sagement dans sa Simca, les vitres ouvertes.

— Dites-lui que je vous ramènerai à votre hôtel en voiture, lance Elvire.

Propos que je répète aussitôt à l'hôtelier.

Bientôt, nous empruntons un chemin de terre qui pénètre dans le bois. Sous les voûtes végétales, cathédrale de branches et de feuillages, la lumière du jour s'évanouit d'un seul coup, comme si la nuit venait de tomber. Mille senteurs épicées envahissent alors mes narines. Mille curiosités défilent devant mes yeux. Mille sons étranges et assourdis résonnent à mes oreilles.

— La nature recèle des trésors. Mais aussi des dangers. Tenez, voilà de la ciguë, annonce Elvire en me signalant une grande plante verte sertie de bouquets de minuscules fleurs blanches. Son nom latin est *Conium maculatum*. La plante qui a tué Socrate et avec laquelle on concocte des poisons. Vous avez dû en entendre parler.

— Sans vouloir jouer les trouble-fêtes, les poisons de ce genre, c'est plutôt dans les romans. Dans la vraie vie, les méchants ne jurent que par la mort-aux-rats ou les médicaments.

Elle s'approche et en caresse les tiges.

— Socrate, c'était dans la vraie vie. Eh bien, dommage pour les criminels, car c'est un bon piège. Elle provoque des troubles nerveux et respiratoires qui paralysent petit à petit les membres, jusqu'à ce que mort s'ensuive.

— Sympathique ! C'est ce genre de fleurs que nous sommes venus cueillir ? Vous envisagez de tuer quelqu'un ? Peut-être moi ?

— Non, répond-elle dans un éclat de rire.

Et elle revient sur le chemin.

— J'ai vu les hautes herbes rouges, dis-je.

— Oh, c'est beau, hein ?

— Je n'avais jamais vu quelque chose de semblable.

— Je crois que ça n'existe nulle part ailleurs.

Nous récupérons dans notre panier de l'ail des ours, des campanules gantelées, de la lathrée clandestine, des boutons-d'or, des pieds-d'alouette, autant de noms qui prêtent à la rêverie, la poésie et l'imagination.

— À propos, me dit-elle alors que nous revenons vers le magasin, l'autre jour, vous m'avez demandé si je connaissais Joël et je vous ai répondu que non, pas trop, enfin, comme tout le monde, et puis j'ai pensé à quelque chose. Je ne sais pas si cela a de l'importance, mais bon, à vous de juger. Tous les ans, Félicien venait à la boutique acheter des fleurs pour son anniversaire.

— Pour son anniversaire ?

— Oui, celui de Joël.

— Oh, celui de Joël ? je répète, étonné. Vous voulez dire qu'il offrait des fleurs à Joël ?

(Des fleurs pour un enfant ? Garçon qui plus est. Quel étrange cadeau.)

— Tous les ans. Sans exception.

Je sors mon calepin et y inscris cette information.

— Le 18 mai, donc ?

— Oui, tous les 18 mai, ça tombait le jour de la fête du village. Je préparais les décorations florales pour les rues et les balcons de la mairie, et je mettais quelques fleurs de côté pour Félicien.

— C'était une variété en particulier ?

— Jamais les mêmes. C'est moi qui choisissais. En fonction de la disponibilité.

— Combien ?

— Un gros bouquet. Allez, vous avez bien travaillé, je vous offre un thé et des biscuits !

(Notes prises sur une enveloppe qui contenait une lettre de madame la procureur et datées du dimanche 23 juillet 1961.)

Le premier baiser possède une saveur inimitable. Unique.

Une fois qu'il est donné, rien ne sera plus jamais pareil entre deux personnes. Il y a un avant et un après.

Nos lèvres se soudent, nos langues se cherchent, alors que je sens le désir monter en moi depuis mon entrejambe jusqu'à mon cou, m'arrachant quelques frissons.

Le premier baiser est arrivé sans crier gare, bien que j'en aie eu envie dès que je suis entré dans cette boutique l'autre jour. Il aurait dû se produire dans les bois que nous venons de quitter, cela aurait été si facile, Elvire me dévorait des yeux et ses mots débordaient d'allusions. Mais je n'ai pas osé. Il y a un moment où l'on n'ose pas, et l'instant d'après, on ose tout.

Ses doigts glissent sur ma moustache, sa main glisse sur ma nuque, me tire à elle pour que le baiser soit plus profond, plus intense. Mes mains effleurent sa robe, sa poitrine, petite mais ferme, ses cuisses qui vrillent en une danse indéchiffrable. Je les écarte, caresse son aine d'un doigt timide. Elle ne détache pas son regard du mien.

— Tu as des yeux bleus comme la gentiane acaule, me dit-elle. Et des mains de pianiste.

Pense-t-elle elle aussi, à l'instar de ma mère, que c'est bien dommage que je m'abîme yeux et mains sur les machines à écrire de la police ? Je continue de dessiner des arabesques sur sa peau, un langage secret que nous seuls semblons comprendre, cependant que je pense que les relations entre les êtres humains sont étranges, cette distance que l'on met entre nous et les gens, et soudain, ce rapprochement qui rompt le respect, l'intimité de l'autre, en quelques secondes. Cette seconde après laquelle une inconnue nous devient familière, cette seconde après laquelle on n'a plus honte d'être nu devant elle, de lui dévoiler notre corps, ce corps que l'on cachait quelques instants avant. Je m'attarde sur son sexe qui a mouillé la culotte que j'écarte, caresse ses lèvres. Il en faut du culot pour faire une telle chose. Oui, il en faut du toupet pour glisser une main dans la culotte d'une femme, d'une inconnue, sans en éprouver de vergogne. Elvire se raidit, soupire, tremble comme une feuille fragile, me sourit, se perd dans mon regard. Elle se livre à moi sans retenue, chose dont je suis à la fois fier et mécontent. Fait-elle de même avec tout le monde ? Je veux dire, ne réagit-elle de la sorte que pour moi ? parce qu'elle éprouve des sentiments exclusifs pour moi ? Mon amour-propre veut y croire, ma raison s'en défend. Mes gestes sont réguliers, délicats. Je sens son petit bouton rose enfler sous mon index. Je lui arrache bientôt un orgasme intense. Ses jambes s'écartent d'un coup, projetées en avant, comme si elle voulait se grandir de plusieurs centimètres, elle se cambre, le cou rosi, les veines gonflées, prêtes à exploser. Son corps revient au repos, elle défait ma ceinture et baisse mon pantalon avec maladresse (ce qui me rassure) et libère mon sexe qui jaillit tel un animal sauvage entre ses cuisses. Je devrais avoir honte d'une telle promiscuité, mais je n'en éprouve que fierté, la fierté du jeune mâle qui bande comme une bête. Je ne suis que puissance, vigueur et force. Je m'aperçois que c'est la première fois que je fais l'amour avec une femme plus âgée que moi, ne fût-ce que de cinq ans, et cette pensée m'excite plus encore. Sans même lui enlever sa culotte, je la pénètre, m'enfonce en elle jusqu'à ce que nos deux ventres se soudent. Un cri lui échappe alors que j'amorce le va-et-vient à grands coups qui la soulèvent du divan. Je tire sur le col de sa robe afin de libérer un sein. La vue de l'aréole, obscure sur sa peau laiteuse, de ce téton dressé, accroît mon excitation et mes saillies. Elvire jouit à nouveau. Il n'y a rien qui m'excite plus qu'une femme qui jouit, puis jouit à nouveau. Je sens une flamme brûler mes bourses, remonter le long de mon pénis, envahir mon gland. Il est temps de me laisser aller à mon tour, de ne plus rien retenir de ce flot sur le point de rompre le barrage. Quelque chose craque, se déchire, au bout de mon sexe, une décharge électrique le parcourt et j'abandonne ma semence en Elvire avant de me retirer. Mon corps et mon cœur tremblent au rythme de nos respirations saccadées.

Jamais un thé et des biscuits ne m'ont fait autant d'effet.

(Notes prises sur la Bible trouvée dans la table de nuit de la chambre 16 et datées du dimanche 23 juillet 1961.)

Ne pas se laisser charmer par une suspecte.

(Écrire cela en marge de la Genèse sur une Bible quand on ne croit même pas en Dieu !) Ne pas se laisser charmer par ~~Eve~~ Elvire.

S'employer à ne jamais rien ressentir pour une suspecte.

Sauf si elle ne l'est plus…

Lundi matin

Hôtel Au Bon Repos
Chambre 16
193, route départementale de P.
P.

Lundi 24 juillet 1961

Madame la procureur de la République de M.,

Je viens de me réveiller. Il est 1 h 05 du matin. Mon mal de dos n'y est pour rien. Cette fois-ci, c'est mon cerveau qui ne me laisse pas dormir.

Il y avait quelque chose qui tournait dans mon esprit sans que je sache ce que c'était. Et puis, je me suis levé, j'ai pris mon magnétophone et j'ai enclenché la bande 2. Par pur automatisme.

Il existe une expérience sociologique assez intrigante et riche en enseignements dite « théorème de la banane », qui consiste à enfermer cinq chimpanzés dans une pièce au centre de laquelle est suspendue une banane qu'ils peuvent atteindre par le moyen d'une échelle.

Aussitôt que le premier singe, le plus vaillant (ou le plus affamé), grimpe les échelons, un mécanisme l'asperge, lui et les quatre autres, d'eau glacée. Une fois remis de sa surprise, et après quelques secondes de réflexion, un deuxième singe se lance. Il reçoit, lui et ses acolytes, une nouvelle douche froide, qui le dissuade de vouloir se procurer la banane. Un troisième tente à son tour. Mêmes causes, mêmes effets.

On sort alors de la pièce un des primates et on le remplace. Dès que le nouvel arrivé voit la banane qui se balance au-dessus de lui, c'est inévitable, il s'élance vers l'échelle mais il est aussitôt stoppé et battu par les autres, qui ne veulent plus recevoir d'eau glacée. On enlève à nouveau un singe, et on le remplace. Même scénario. À peine entré, celui-ci se jette vers l'échelle. Il est arrêté par les autres (dont celui entré juste avant lui, et qui n'a donc jamais reçu de douche froide !) et battu. Il comprend alors qu'on ne doit pas aller chercher cette jolie et tentatrice banane.

On procède ainsi au remplacement de tous les chimpanzés jusqu'à ce que plus aucun des singes présents dans la pièce ne fasse partie du premier groupe à y avoir été enfermé. Ensuite, comme on a procédé jusque-là, on y enferme un nouveau primate. Tous se ruent sur lui dès qu'il fait mine de vouloir grimper sur l'échelle. C'est assez étonnant, ces singes n'ont jamais reçu d'eau glacée, ils n'ont aucune idée de l'origine de l'interdiction, et pourtant, ils la respectent et agressent systématiquement ceux qui vont contre le règlement qui leur a été transmis (de façon un peu brutale) par les anciens : ne pas grimper à l'échelle. Ce comportement est d'autant plus absurde que le mécanisme qui les asperge d'eau glacée a été désactivé depuis longtemps, sans qu'ils le sachent. Et qu'un singe un peu rebelle et valeureux, s'il s'opposait au groupe, pourrait aisément obtenir le fruit convoité. Après avoir tué tous ses congénères…

Vous vous demandez le rapport, madame, entre ces singes, cette banane et moi. Je voulais illustrer ce mystère de la raison qui nous pousse parfois à accomplir des actes sans en connaître les causes. Car il y en a toujours, qu'elles soient conscientes ou pas.

Vers le début de la bande 2, donc, nous sortons le chef Provincio et moi de la maison de Félicien Nazarian et sommes interpellés par sa voisine, Martine Moinard, qui vit de l'autre côté de la route. Le garde champêtre me demande de l'ignorer, mais moi, ça m'intéresse. Je suis curieux, je veux savoir ce que cette femme a à nous dire, même si, selon le garde champêtre, elle est « folle ». Peut-être est-ce d'ailleurs ce qui m'attire le plus. Et là, Provincio a cette remarque. Une remarque anodine, qui est restée sur la bande magnétique de mon magnétophone et dans mon esprit. Je vous la retranscris ici afin que vous n'ayez pas à aller la chercher dans ma première lettre :

« — Ça doit bien faire cinq ou six ans qu'elle vit en robe de chambre. Comme ces personnes séniles qui vivent toute la journée en pyjama et vont même faire les courses avec. Une robe de chambre bleue à fleurs rouges. Matin, midi et soir, qu'il pleuve ou qu'il vente… été comme hiver. Je crois qu'elle l'a jamais lavée. » Propos étayés peu après par Marguerite, la vieille dame du cimetière : « La voilà maintenant seule avec ses animaux et son horrible robe de chambre à fleurs. – On dirait qu'elle a fait une croix sur la robe de chambre. – Incroyable ! J'ai bien cru qu'on l'enterrerait avec ! » (Lettre 2, Annexe 4, transcription de la bande 4). Puis encore une fois Jean-Charles Provincio : « Depuis les funérailles du Joël, où elle est apparue en robe noire, une jolie robe noire, voilà qu'on dirait qu'elle a jeté sa satanée robe de chambre ! » (Lettre 1, Annexe 4, transcription de la bande 2).

Pourquoi Martine ne met-elle plus cette robe de chambre depuis l'enterrement de Joël ? Vous savez, madame la procureur, il y a une chose à laquelle on se doit d'être attentif dans une affaire criminelle : les changements soudains d'habitudes. « Matin, midi et soir, qu'il pleuve ou qu'il vente… été comme hiver. » Alors, pourquoi plus aujourd'hui ?

Eh bien, je vais vous le dire, madame la procureur. Mais il faut d'abord que je vérifie quelque chose…

(à suivre)

Hôtel Au Bon Repos
Chambre 16
193, route départementale de P.
P.

Lundi 24 juillet 1961 (suite)

Madame la procureur de la République de M.,

Entre ces lignes et les précédentes, onze heures se sont écoulées. Les onze heures les plus longues de mon existence, les plus horribles aussi. Et je suis bien heureux d'être encore là pour écrire ces mots et vous laisser le témoignage de la plus terrifiante nuit de ma vie.

Maintenant, je sais tout. Ou presque. Qui, comment, où. BT et les fleurs, madame, les fleurs… qui semblent avoir tellement d'importance dans cette enquête : sur la robe de chambre, sous les semelles du tueur, celles que Félicien offrait à Joël pour son anniversaire (à cela, je n'ai malheureusement toujours pas d'explication).

Tout a commencé au milieu de la nuit, donc, comme je vous l'expliquais, avec l'histoire de cette robe de chambre qui m'est revenue tout à coup à l'esprit et que cette femme ne met plus, qui ne nous invite pas à entrer chez elle, alors qu'avec le garde champêtre Provincio cela avait l'air d'être chose courante, cette femme qui nous interpellait pour porter tous les soupçons sur son voisin, peut-être pour les détourner d'elle, cette femme qui aurait bien aimé avoir Joël à sa charge. Combien de mères pleurent leur enfant mort qu'elles viennent de noyer dans le bain, ou dont elles viennent de fracasser le crâne contre le carrelage de la cuisine ? Si vous saviez, madame la procureur, mais que dis-je, vous le savez aussi bien que moi.

Je suis allé m'asseoir au secrétaire, sur lequel j'avais posé la photo de la fête de 1945. Raymond a eu la gentillesse de me la laisser. Je voulais la montrer le lendemain à des gens du village afin que quelqu'un puisse identifier cette belle blonde derrière le couple Nazarian, mais ce ne sera pas nécessaire. Je la reconnais. C'est elle, bien qu'elle soit plus jeune et que ses cheveux soient blonds. Martine Moinard. La femme qui détestait son voisin le plus au monde. Sans aucun doute BT. La belle blonde ténébreuse…

Difficile à croire, n'est-ce pas ?

Difficile à croire qu'elle et Félicien aient eu la torride liaison que leurs lettres ont pu nous dévoiler. Mais après tout, quoi de moins étonnant que derrière autant de haine il y ait eu un jour un grand amour ? L'un mène parfois, souvent même, à l'autre. Notre profession en est le triste témoin.

BT n'est donc pas morte. Et quand Félicien nous l'a affirmé, ce n'était qu'une métaphore. Pour lui, cette femme était « morte depuis longtemps ». Cette femme qu'il avait aimée et qui l'avait aimé. Cette femme qui ne voyait que lui, l'admirait, le désirait. La jeune fille des lettres passionnées, de l'arbre aux amoureux. Et puis, il s'est passé quelque chose peu après Paris et Martine a quitté Félicien. Quoi ? Vous le saurez bientôt. Pour l'instant, nous savons que l'ange blond est devenu brune diablesse, qu'elle a couru les garçons, fait tourner les têtes, puis elle s'est changée en la voisine aigrie, rancunière, à la robe de chambre à fleurs, aux survêtements, aux chiens et aux chats, qui se laisse aller, qui le déteste, qui lui envie Joël.

Alors, tout est devenu clair. « Nous sommes à la fois si près et si loin » : voisins depuis le début, Nazarian et Moinard, l'un en face de l'autre. Vous vous souvenez ? Félicien qui laisse cette maison de sa propriété dont il ne fait rien à cette jeune femme qui vient de débarquer dans le village. Marguerite disait : « Elle s'était perdue dans la montagne en cherchant la route de la mer et elle est tombée amoureuse de l'endroit. » Tu parles, ce n'est pas de l'endroit que Martine était tombée amoureuse, mais bel et bien d'un homme ! Félicien Nazarian, de douze ans son aîné.

J'écris, j'écris mais je ne vous parle même pas de la robe de chambre. C'est pourtant à cause d'elle que j'en étais là, à faire les cent pas à 1 heure du matin, à cause d'elle que j'ai décidé de rendre une petite visite nocturne à Mlle Moinard, qui a tout fait basculer. Je sais ce que vous allez me dire, que j'aurais pu attendre l'aube, demander que l'on m'emmène à la caserne de la Brigade verte, ou encore patienter tranquillement jusqu'à ce que le garde champêtre vienne me chercher, ce qu'il aurait fait à un moment ou à un autre, mais non, après avoir écrit le début de la lettre précédente, je me suis habillé, j'ai chargé mon MAC 50 de ses dix cartouches règlementaires (une dans la chambre, neuf dans le chargeur) et j'ai collé sur ma poitrine le magnétophone à bande avec du ruban adhésif que j'ai trouvé dans ma valise. La serviette en cuir aurait été un fardeau. Et je voulais tout enregistrer. Garder une trace de ce qui allait arriver, loin d'imaginer que ce serait là l'unique témoignage de l'horreur dans laquelle je m'apprêtais à plonger. Si jamais il m'était arrivé malheur, vous auriez pu avoir un enregistrement fidèle de ce qu'il s'était passé. À la manière des boîtes noires des avions.

J'ai mis une bande vierge toute neuve (la 8) et je suis sorti. Il était 1 h 35.

La robe de chambre, donc. Cela faisait des années qu'elle la portait. Et puis voilà que Martine apparaît aux funérailles sans. Tout le monde la croit guérie. Et à partir de ce jour-là, elle ne la remet plus. Pourquoi ? Eh bien, je vais vous le dire, madame, elle ne la met plus du jour au lendemain parce qu'elle ne peut plus la mettre, bien entendu ! Parce qu'elle est tachée de sang, à tel point qu'il y en a partout, sur les manches, sur le col, oui, à tel point qu'elle est irrécupérable et qu'elle a dû la jeter, pardi ! Parce qu'elle a joué aux apprentis bouchers avec le cadavre de Joël sans prendre le soin de l'enlever. Parce qu'elle n'avait pas prévu tout ce qui allait arriver cette nuit-là…

(à suivre)

Annexe 1 de la lettre 8
Transcription commentée de la bande 8

Visite nocturne chez la voisine

(Mise en place de la bande magnétique neuve 8.)

(Bruit de porte qui se ferme, clef qui tourne dans une serrure.)

(Bruit de pas qui descendent des escaliers.)

À cette heure-ci, il n'y a personne à la réception. Je passe derrière. Il y a une chouette en porcelaine qui me fixe de ses grands yeux noirs. Je prends la clef de la Simca qui se trouve au bout de ses griffes. J'ai vu où Raymond la rangeait cette après-midi.

(Bruit de pas sur le gravier. Une portière s'ouvre puis se referme.)

(Une voiture démarre, un moteur tourne, crissement de pneus sur les graviers.)

Je conduis sur la départementale avec les feux de route et croise un véhicule dont les phares m'éblouissent. Je me demande qui cela peut être à cette heure-ci, puis me concentre à nouveau sur ma mission.

Une centaine de mètres avant d'atteindre la maison de Martine Moinard, je gare la voiture dans un étroit chemin de terre qui disparaît dans un champ de pêchers (je commence à les reconnaître), assez loin pour qu'on ne la voie pas depuis la route. Je continue à pied. On n'entend que le chant des grillons et la rumeur de la rivière qui longe, à quelques centaines de mètres de là, la maison de Nazarian.

J'arrive bientôt devant la Renault blanche de Moinard garée sur le côté. Je m'entends dire au docteur Bonnin, le premier jour où je suis arrivé ici, au sujet de la section des cordes vocales de Joël : « Cela signifie que, dans ce cas-là, Joël a été assassiné dans le village ou tout près. En pleine montagne, je veux dire dans un endroit isolé, le meurtrier n'aurait pas pris cette peine. » P. n'est qu'à un kilomètre d'ici. Et son unique voisin juste en face.

J'observe la bâtisse. Les volets sont fermés, sauf ceux de la fenêtre qui donne sur la route et par laquelle Martine pouvait voir ce qui se passait chez Félicien. La flore alentour est composée d'arbustes divers et d'arbres. Pas de trace de fleurs, quelles qu'elles soient. Je fais le tour en silence (c'est l'avantage d'avoir des semelles en crêpe) et me poste derrière la maison. Un chien aboie à l'intérieur, puis un deuxième. Mince, les cabots ! Je n'y avais pas pensé. Devant moi, il y a une porte de garage en bois dont la peinture est écaillée sur la plus grande partie. Trois hublots en hauteur me permettent de voir que personne ne vient d'allumer et que les chiens ne sont pas dans cette pièce. Ils se taisent d'un coup, ce qui accroît ma vigilance. Je ne bouge pas, respire à peine et attends. Mais rien ne se produit.

Je repense alors à votre lettre, madame. À cette greffière, Nathalie Fernandez, qui a reconnu la *Gaillardia clemens* que vous avez punaisée au mur. « Une fleur d'une grande fragilité, surtout en hiver, où elle gèle facilement, son oncle en cultive, de ce fait, en serre, même en été. Votre garde champêtre a inspecté les jardins, en vain, mais si le meurtrier les cultivait en serre ? Ou dans un endroit clos ? » Une serre, je viens d'en visiter une cette après-midi même dans la boutique d'Elvire. Mais un endroit clos, cela peut être partout. Cela pourrait être un simple garage.

Autour de moi, les grillons couvrent le bruit de mes pas et de mes mouvements. Je me hisse sur la pointe des pieds et jette un coup d'œil par l'un des hublots. Heureusement pour moi, c'est la pleine lune et sa lueur argentée est suffisante pour voir à l'intérieur.

Je ne pensais pas entrer, je sais que c'est illégal de 21 heures à 6 heures du matin, même dans le cadre d'une enquête de flagrance. Je sais qu'il me faudra revenir le lendemain, mais je pense voir quelque chose qui change toute la donne. Quelque chose qui brille. Et la curiosité est trop forte. Je suis là. Alors pourquoi ne pas…

Je baisse lentement la poignée de la porte du garage. Elle n'est pas verrouillée. J'entre. (Fermez les yeux, madame la procureur, tout ce qui suit est illégal.)

Je ne prends pas la peine de refermer derrière moi et avance à tâtons.

Je perçois maintenant, à la seule lumière de la lune qui passe à travers les hublots, des pots posés sur une grande table. « De la terre et des fleurs », je pense aussitôt. Leur parfum sucré atteint mes narines. L'infime clarté qui couvre les lieux ne me permet pas d'identifier leurs couleurs mais je discerne bien les pétales coupés en deux, une partie foncée, que j'imagine rouge, et une partie claire sur les pointes, que j'imagine jaune. Ce n'est même pas la peine de tirer de ma poche la page du traité de botanique que Provincio m'a donnée. Ce sont des *Gaillardia clemens*. Cultivées à l'abri, dans le garage. À l'insu de tous. Ayant échappé tous ces jours à notre observation attentive.

Mais ce ne sont pas les fleurs qui ont attiré mon attention lorsque je regardais par l'ouverture. Je continue d'avancer vers cet objet qui brille, un rectangle avec un côté plat plus fin. Une scie, madame la procureur. Une scie à métaux de bonne taille.

Une voix résonne alors de l'autre côté de la porte qui mène au reste de la maison, me glaçant le sang : « Joël ? Joël, c'est toi ? Tu es revenu, mon petit chéri ? Pour voler des pommes à maman ? »

La porte s'ouvre et un faisceau de lumière jaillit. Je me retourne et reçois un violent coup de pelle sur le côté du crâne.

Brigade verte
Police des fleurs, des arbres et des forêts
3, place de la Mairie
P.

Lundi 24 juillet 1961

Madame *la* procureur de la République de M.,
Madame *le* procureur de la République de M.,
(rayez toujours la mention inutile)

Après avoir écrit ma lettre, j'étais quand même pas tranquille. Il devait être dans les 22 heures. Je suis allé à la cuisine et je me suis assis avec une tasse de thé. Je me suis dit : « Jean-Charles, cogite un peu. » Parce qu'il y avait un truc qui me turlupinait. Comment le Félicien et Martine avaient pu avoir une relation pendant près de vingt ans, de 1936 à 1951, sans que personne le sache ? Elle était pas très discrète, Martine. Quand elle a commencé à se teindre les cheveux en noir et à courir les garçons, en 1951, à cinquante ans, après la mort de la Mireille (pourquoi a-t-elle abandonné Félicien, alors qu'il y avait plus personne pour empêcher leur amour ?), tout le monde a bien vu. Elle se cachait pas. Au contraire, d'ailleurs. Peut-être pour faire enrager le Félicien. Elle alimentait les ragots mais elle s'en fichait. Elle disait : « Qu'elles se mêlent de leurs grosses fesses les bonnes femmes de P., et puis, si leurs bonshommes vont avec moi, c'est qu'ils ont leurs raisons et qu'elles ne savent même pas les retenir ! »

Elle était pas très discrète, donc, alors comment elle a réussi à cacher sa relation avec le Félicien pendant vingt ans ? Maintenant que je vous écris ça, je repense à quelque chose qui nous a intrigué à l'époque. *Nous*, c'est tout le monde, tout le village. Martine est arrivée à P. fin 1935, je vous l'ai écrit dans ma lettre précédente. Elle a travaillé quelques semaines à la mairie puis elle a démissionné pour une mystérieuse raison que tout le monde ignore. Comme ça, du jour au lendemain. Elle a quitté le logement de fonction que lui avait offert le maire et elle a loué l'annexe de la propriété Nazarian où elle vit encore. C'était début 1936, janvier ou février, je sais plus, on sait maintenant qu'elle venait de commencer une liaison avec le Félicien. Et puis, soudainement, au milieu de l'année, elle est plus sortie de chez elle. Sa mystérieuse maladie (parce qu'on a tous cru que c'était une maladie, un truc contagieux), j'imagine que c'était Félicien, qu'elle le voyait en cachette, mais je vois pas en quoi ça l'empêchait de sortir, d'aller faire les courses et tout ça. Non, voilà un autre mystère dont on saura jamais la réponse, j'en ai bien peur.

Mais bon, je disais, et pardon de me répéter, madame, mais je vous écris les choses comme elles se présentent dans mon esprit, concrètement, comment le Félicien sortait de chez lui et se rendait chez Martine, de l'autre côté de la rue (parce que, apparemment, c'est lui qui allait chez elle, ce qui est un peu normal parce qu'elle vivait seule), oui, comment faisait-il ça sans qu'on le voie ? Y a pas beaucoup de passage sur la route départementale, j'en conviens, deux à trois dans la journée peut-être, mais quelqu'un, un jour, les aurait sûrement vus, en quinze ans, imaginez ! Et comme les secrets se gardent pas longtemps ici, il aurait tout répété au bar et on aurait tous su. Et pourtant, on a jamais rien vu. Alors, y a une phrase d'une lettre que j'avais lue avec l'inspecteur qui m'est revenue. Ça disait quelque chose comme : « Je serai dans le couloir, il se peut que je n'attende même pas d'être chez moi pour te sauter dessus… » « Dans le couloir », donc. Et je sais pas pourquoi, peut-être parce que le Félicien m'en avait parlé durant une partie de cartes, qu'il m'avait dit qu'il avait caché des juifs pendant la guerre, dans un endroit que lui seul connaissait sur sa propriété, j'en suis arrivé à la conclusion qu'il devait y avoir un passage secret entre les deux maisons.

Une seule personne pouvait me renseigner là-dessus : le Marcelin, qui travaille au cadastre. Il sait tout sur les constructions de P., l'emplacement exact des sources dans les montagnes, tout. Y a pas un bout de champ qu'il connaît pas, pas une fleur ou un arbre qu'il a pas répertorié sur ses gros cahiers ou dans sa tête, c'est lui qui prend le pouls de la nature, comme un docteur. Quand y a un conflit entre deux paysans qui se disputent un lopin de terre, le Marcelin arrive et dit : « Jusqu'à ce pin, c'est chez toi, Jean, ou jusqu'à ce bouleau, c'est chez toi, Germain. » Et je peux vous dire qu'il fait pas une erreur d'un seul centimètre !

Alors, je suis sorti, j'ai pris la voiture et je suis allé chez le Marcelin. À 22 h 45, il devait encore être en train d'écouter la radio. Je me suis pas trompé, parce que, quand il m'a ouvert, je l'ai entendue derrière lui, c'était un récit de guerre parce qu'il y avait des enregistrements de bombardements. Je suis même pas entré. Je lui ai dit : « Marcelin, y a un passage secret qui relie la maison de Nazarian à celle de Martine ? » En bon professionnel, il m'a répondu : « Jean-Charles, ce que tu appelles la maison de Martine, c'est la maison du Félicien, car c'est la même propriété, tout est à son nom, enfin, tout *était* à son nom. » Quand je vous disais qu'il connaît tout. Je lui ai dit qu'il répondait pas à ma question. Alors, il m'a lancé : « Avant 1900, je sais plus exactement quand, le père du Félicien, à qui appartenait tout le domaine, a creusé un tunnel entre les deux maisons, qui étaient sur le même champ. Parce qu'il voulait pouvoir aller de l'une à l'autre sans sortir et donc sans avoir froid l'hiver et chaud l'été, un petit caprice qu'il pouvait bien se permettre. À l'époque, il n'y avait pas encore de route départementale entre les deux. J'te raconte pas l'argent qu'ils ont donné au Félicien pour qu'elle traverse ses terres ! Ça l'a rendu encore plus riche. Et… » Mais j'étais déjà reparti. J'avais eu ma réponse. Et la clef du mystère.

Un passage secret ! Mais bien sûr. Pas étonnant que personne ait été au courant de leur relation extraconjugale dans un si petit village. Il y avait un tunnel qui menait de la maison du Félicien à l'annexe, qui était devenue en 1936 la demeure de Martine Moinard. Je crois que la Mireille était même pas au courant. C'était le jardin secret du Félicien.

Un jardin avec une seule fleur dedans.

Martine.

Très respectueusement,

Le garde champêtre chef

Annexe 2 de la lettre 8
Transcription commentée de la bande 8

2e audition de la voisine

J'entends un bruit d'eau que l'on verse dans un verre.

J'essaie d'ouvrir les yeux, mes cils se décollent un par un. Une douleur aiguë vrille mes tempes, surtout celle de droite, où j'ai reçu le coup. Une tache de lumière. Qui s'intensifie. Mille visages flous qui apparaissent, penchés sur moi. À la manière d'un kaléidoscope. Mille visages, tous identiques, celui de Martine Moinard. Un visage buriné, laid, surmonté de cheveux gras, que viennent de temps en temps peigner ou repousser des doigts jaunis par la cigarette. Le visage de l'horreur absolue.

Je sens quelque chose ruisseler sur mon front. Du sang ? de la sueur ? Je suis dévoré par une immense soif. Mon palais et ma langue sont en feu.

— Je savais que vous reviendriez pour mon orangeade, inspecteur, dit la femme en me tendant un verre contenant un liquide ambré.

Elle l'approche de mes lèvres. Et de son autre main, tire sur ma tête pour que je ne puisse lui échapper. Je n'ai pas la force de lui résister et, de toute manière, même si je l'avais, je boirais. Rien que pour étancher cette soif qui me dévore. Il fait une chaleur de tous les diables dans ce garage. Je m'aperçois que je suis cloué à une chaise, « ligoté » serait le mot juste. Mes mains, mes épaules sont attachées au dossier avec de la ficelle de gigot dévidée autour de mon corps.

L'orangeade n'est pas la meilleure que j'aie bue dans ma vie mais elle est désaltérante et rafraîchissante. Cela m'évitera de tomber dans les pommes et cela me redonnera du sucre et un semblant de forces. J'en aurai besoin.

— Je suis désolée pour le coup de pelle, mais j'ai cru que vous étiez un voleur…

— Vous savez maintenant que je n'en suis pas un, alors détachez-moi.

Elle me regarde en souriant et en inclinant la tête sur le côté. (Psychose ? Ce trouble se caractérise par une perception distordue de la réalité, me dis-je, m'efforçant de me souvenir de mes cours de deuxième année. Entrer dans son jeu.)

— Ce n'est pas comme cela que l'on traite un invité, Martine.

— Et ce n'est pas comme cela qu'on entre chez les gens, inspecteur.

— Vous avez raison, j'aurais dû frapper. Mais il était un peu tard, je ne voulais pas vous déranger.

Elle éclate de rire.

— Non mais vous vous entendez ? Vous êtes entré chez moi par effraction, ce n'est tout de même pas à un inspecteur de la sûreté que je vais apprendre cela, non ?

— De la police judiciaire.

— Raison de plus ! Vous en voulez encore ? me demande-t-elle en approchant à nouveau le verre de mes lèvres. On dirait que vous mourez de soif.

J'acquiesce et bois trois gorgées de plus.

— Oh là ! Pas trop vite !

Elle retire le verre, sans doute pour me torturer ou se faire prier, et va le poser sur une table. Celle où se trouvent les pots de fleurs. Maintenant que la pièce est allumée, je peux nettement les distinguer. Rouge et jaune. Splendides. Des *Gaillardia clemens*, comme autant de soleils. Et je suis parcouru d'un frisson.

— Je les cultivais pour Joël.

— Pour Joël ?

— Oui, il aimait tout spécialement ces fleurs.

Je repense à ma conversation avec Elvire. Félicien qui se rendait tous les ans à sa boutique pour acheter des fleurs pour l'anniversaire du jeune garçon. Quel étrange cadeau, m'étais-je dit, mais pourquoi un enfant ne pourrait-il pas s'intéresser aux fleurs ? Surtout dans un environnement comme celui-ci ? J'étais de la ville, je ne pouvais pas comprendre cela. Mon enfance s'était écoulée au rythme de la fabrication de camions et autres grues en Meccano.

Je m'aperçois que la table est en réalité un établi. Il y a des outils accrochés au mur, dont la scie à métaux. Celle que j'ai vue par le hublot.

D'où je suis, je peux encore voir des résidus de chair, de sang sec et des cheveux noirs sur les dents aiguisées de l'outil. Je me rends compte que c'est là la seule chose que j'aurai vue du jeune garçon. Un peu de chair, du sang et des cheveux.

— Qu'est-ce que vous regardez ? Oh !

Elle sourit.

— Vous êtes revenu parce que vous pensez que c'est moi qui ai tué Joël, c'est ça ?

Elle éclate de rire pendant que je me dis qu'il devrait y avoir son portrait à côté de la définition de « folle » dans le dictionnaire (je sais qu'un diplômé en psychologie ne devrait jamais prononcer ce mot-là, mais tant pis !). Puis elle reprend la carafe d'orangeade et me sert un autre verre.

J'en bois deux nouvelles gorgées.

— C'est pas trop amer ? me demande-t-elle soudain, affectant une préoccupation qui se veut maternelle. Parce que j'ai mis une sacrée dose de Torrox dedans…

Annexe 3 de la lettre 8
Transcription commentée de la bande 8

3e audition de la voisine

Mon cerveau se met à fonctionner à la vitesse de l'éclair. Combien de temps me reste-t-il avant de m'assoupir ? À quoi dois-je donc l'employer ? (*Cf.* Lettre 1, Annexe 2, bande 1 : « Ça vous endort un cheval en une heure. — Et Joël, en combien de temps, vous croyez ? — Il était assez petit. Trente minutes, je dirais. ») Quarante-cinq minutes, peut-être, avec beaucoup de chance. Des bribes de conversation avec le docteur Bonnin résonnent dans mon esprit : « Une fois endormi, le meurtrier l'a égorgé avec une scie, c'est bien ça ? — Oui. »

Ne t'endors pas, ne t'endors pas, me dis-je comme un mantra. C'est alors que je vois le sang, à mes pieds.

Une immense tache noirâtre qui commence sous mes chaussures et s'étend sur tout le sol du garage. Je comprends aussitôt que c'est celui de Joël, qu'elle n'a même pas pris la peine de nettoyer. Comme la scie. Une personne équilibrée (si tant est que quelqu'un ayant tué puis tronçonné un enfant le soit) aurait soigneusement effacé toute trace de son acte, ne serait-ce que pour effacer un souvenir si traumatisant, revenir à un semblant de normalité, dans sa propre maison de surcroît. Mais là, rien n'a été touché. Tout est tel que c'était dimanche dernier. Le théâtre de l'horreur est intact. Et elle continue de vivre dedans comme si de rien n'était.

Martine s'aperçoit que je regarde par terre.

— Ç'a été dur, vous savez. Je ne voulais pas faire de mal à Joël, mais... j'ai dû le sacrifier. Je l'ai tué parce que je l'aimais, pour le protéger. Je ne pouvais pas supporter qu'il reçoive plus de coups, d'insultes et de réprimandes. J'ai pensé : « Félicien, si tu n'aimes pas Joël, alors tu ne le mérites pas. » Et je le lui ai pris. Je dois vous avouer que je désirais aussi faire du mal à Félicien. Je voulais qu'il crève pour ce qu'il m'a fait. Dix ans sont passés mais je n'ai jamais oublié. Il m'a quittée alors qu'il m'avait fait miroiter pendant des années qu'il divorcerait. Un homme marié ne divorce jamais pour sa maîtresse, inspecteur. Jamais ! (Elle dit cela en criant.) Mais vous vous en fichez, vous êtes un homme. Je me suis aperçue que je n'avais été qu'un divertissement. Le pire, c'est que sa femme venait de mourir et qu'il n'y avait plus d'obstacle à notre amour. De retour de notre voyage de Paris, en apprenant la nouvelle de la mort de Mireille, j'ai voulu le réconforter, il était si triste. Mais il m'a rejetée. « J'aime ma femme ! » m'a-t-il craché au visage. Ça m'a rendue folle de rage : « Ta femme est morte ! Tu l'aimes maintenant qu'elle n'est plus là, mais quand tu me baisais à Paris, ou chez moi, tous les jours, tu ne l'aimais pas autant ! » J'ai été patiente. Je l'ai attendu chez moi, des jours, des semaines. Il n'est pas venu. Il m'évitait quand on se voyait dehors. Alors j'ai compris qu'il ne m'aimait pas. Et j'ai voulu qu'il paye. Sa souffrance aura été de courte durée. Le lâche s'est suicidé. J'aurais aimé qu'il vive avec cette douleur toute sa vie. Qu'il pourrisse à petit feu.

Elle écrase quelque chose entre ses deux index jaunes et, quoi que ce soit, le regarde mourir avec curiosité et plaisir. Puis elle enfile des gants en cuir bordeaux et je manque de défaillir lorsque je m'aperçois que leur couleur n'est en réalité que celle du sang séché.

— Vous allez me tuer comme vous avez tué Joël ?

— Vous tuer, inspecteur ? Oh non. J'ai déjà trop de sang sur les mains. Parce que si Félicien s'est tué, c'est un peu à cause de moi, non ? Et puis, même si j'aime plus les animaux que les hommes, je ne pourrais me résoudre à tuer un homme.

— Alors, pourquoi ne pas me détacher ?

— Parce que j'ai peur, inspecteur. Peur de ce que vous allez me faire. Vous allez m'arrêter ? me mettre en prison ? Et alors, comment ils feraient, eux, pour vivre sans moi ?

Elle montre la porte derrière laquelle les aboiements ont repris.

La prison ? Si elle savait que c'est la guillotine qui l'attend.

— Personne ne s'occuperait d'eux. Vous les mettriez dans des chenils. Je préfère mourir.

— Si vous ne voulez ni me tuer ni me détacher, que comptez-vous faire de moi ?

Elle esquisse une moue. On dirait une petite fille indécise. Elle regarde en l'air.

Clac ! Plus de piles.

J'ajoute maintenant, selon mes souvenirs, ce qui a été dit par la suite :

— Qu'est-ce que c'est ? demande-t-elle en entendant le bruit sourd du magnétophone.

Elle s'approche et commence à déboutonner ma chemise.

— Un micro ? On nous écoute ?

Et elle arrache avec violence l'enregistreur portable et les rubans adhésifs collés à ma poitrine.

Brigade verte
Police des fleurs, des arbres et des forêts
3, place de la Mairie
P.

Lundi 24 juillet 1961

Madame *la* procureur de la République de M.,
Madame *le* procureur de la République de M.,
(rayez encore et toujours)

Je suis revenu chez moi, mais comme j'aurais jamais pu dormir après ça, parce que j'étais très excité (malgré le thé : le thé, ça m'endort), j'ai décidé de reprendre la voiture et d'aller chez le Félicien chercher le passage secret. Il était près de minuit.

Je savais que c'était un tunnel, alors j'ai pensé que l'entrée pouvait se trouver au sous-sol. Parce que, au sous-sol, il fallait juste creuser tout droit. Alors que si l'entrée avait été au rez-de-chaussée, par exemple, ceux qui l'ont construit auraient dû creuser vers en bas pour ensuite creuser tout droit. Je les connais, les ouvriers de P., c'est des fainéants, et en 1884, ils devaient pas être très différents de ceux de maintenant. Et puis je me suis dit que si la Mireille connaissait pas le passage secret, il pouvait pas être au milieu du salon, ou derrière la bibliothèque, mais dans un endroit où elle avait pas l'habitude d'aller. La cave à vin, par exemple.

Et je me suis pas trompé.

Il y avait des gros barils en chêne dans un coin. Alors j'ai commencé à fouiner. À tirer, à pousser. Derrière l'un d'eux, y avait un trou dans le mur, comme une espèce de grosse chatière de cinquante centimètres sur cinquante. Je passais juste. Il a fallu que je me mette à plat ventre pour entrer dedans, et ramper sur deux bons mètres. Ensuite, j'ai pu me relever. On tient debout après. Je me suis éclairé à la lumière de mon briquet et j'ai avancé. Y avait une bonne distance, parce que je connais celle entre la maison de Félicien et Martine (il faut traverser toute la longueur de la demeure, puis le potager, puis la route départementale).

Les coins étaient couverts d'immenses toiles d'araignée. Signe que personne était entré là-dedans depuis belle lurette. Depuis que le Félicien et Martine étaient plus ensemble ? Depuis 1951 ?

J'ai pas continué. Surtout que je savais déjà ce que je trouverais au bout. La maison de Martine. Alors, j'ai voulu avertir l'inspecteur. Je voulais pas prendre une initiative malheureuse. J'étais sûr que lui saurait quoi faire. C'était tard, j'ai regardé ma montre, il était 1 h 25. Ça m'a étonné. Le temps était passé tellement vite. Je suis revenu en arrière, je suis remonté et j'ai pris la voiture pour me rendre au Bon Repos.

Je pensais que l'inspecteur m'en voudrait pas de le réveiller à cette heure-ci pour ça. C'était important.

Sur le chemin, un peu avant l'hôtel, j'ai croisé la voiture du Raymond. Ses phares m'ont aveuglé. Il se dirigeait vers le village. Ça m'a un peu étonné qu'il y aille à cette heure-là, mais après tout, pourquoi pas ? C'était peut-être Paulo. Il prend souvent la voiture de son père. Les jeunes, ils vivent la nuit, ils sont pas comme nous. En arrivant à l'hôtel, je suis monté à la chambre 16, au premier étage. J'ai frappé et appelé. Plusieurs fois. Mais personne a répondu. J'ai dû faire un peu de raffut et alerter quelqu'un parce que j'ai entendu du bruit en bas. Quand je suis descendu, je suis tombé sur le Raymond. Je vous explique pas ma surprise. « Déjà ? je lui ai dit. — Déjà quoi ? — Je viens de te croiser sur la route, tu partais à P. — À P. ? Pour quoi faire ? Je sors de mon lit. J'ai entendu du bruit au premier. — Ça doit être Paulo alors. — Paulo passe toute la semaine à M. ! » On s'est regardés comme deux idiots et j'ai tout compris.

Je lui ai dit d'aller se recoucher et je suis parti à la recherche de l'inspecteur. Il était parti en direction de P., ça, c'était sûr puisque je l'avais croisé, mais où ? J'ai essayé de me mettre à sa place, dans sa tête, mais c'était pas évident, il est plus intelligent que moi. L'endroit où il s'était rendu était assez loin pour qu'il ait pris la Simca du Raymond, ça aussi c'était sûr. Je suis retourné chez le Félicien. Il avait peut-être eu la même idée que moi, même si j'y croyais pas trop. En tout cas, y avait pas la voiture devant la maison.

Je suis alors allé jusqu'à P. J'ai patrouillé dans les rues, je suis passé devant la fleuriste, tout était éteint, puis autour du village, vers l'église et le cimetière, mais je l'ai pas trouvé. Alors j'ai abandonné. Je suis revenu chez le Félicien. Cette fois-ci, j'ai cherché une lampe électrique, que j'ai trouvée dans le tiroir d'une commode, et je suis descendu à la cave puis dans le tunnel. Quelque chose m'avait peut-être échappé à la seule lumière de mon briquet. Et comme j'avais rien d'autre à faire, que j'étais bien trop excité pour rentrer chez moi et me mettre au lit, j'ai joué aux aventuriers. Trouver un passage secret, c'est redevenir un gosse. Les passages secrets éveillent en nous un fantasme, pas vrai, madame la procureur ? Gamin, on rêve tous d'un tunnel secret, d'une cabane dans un arbre, d'un endroit qu'à nous, que personne connaît, où on pourrait aller lire nos albums de Tintin à la lumière d'une lampe. J'imagine que pour les filles c'est pareil. Moi, je me cachais dans des arbustes près de la maison et j'y passais des heures, j'en sortais que pour aller manger. Ça rendait ma mère folle.

Bref, j'ai repris le chemin creusé sous terre. J'ai imaginé les ébats du Félicien et Martine dans ce couloir. Et les juifs, aussi, cachés avec des provisions pour tenir pendant que les Allemands occupaient nos maisons (j'en ai encore des frissons quand j'y pense, maudits Boches). À mi-chemin, dans un renfoncement, y avait même un vieux matelas, avec des draps. Ça sentait le renfermé et l'humidité. Je suis allé jusqu'au fond. Y avait une porte. J'ai ouvert, sans faire de bruit. Juste pour voir dans quelle pièce de chez Martine ça donnait. Je pensais repartir ensuite, pas entrer, je vous jure, madame, je sais que c'est illégal d'entrer chez les gens, comme ça, en pleine nuit en plus.

Mais là, j'ai débouché dans un garage, qui était allumé, et je suis tombé nez à nez avec... l'inspecteur ! Vous pouvez pas imaginer ma surprise.

Il était ligoté à une chaise. Il avait l'air dans un drôle d'état. J'ai eu peur parce qu'il y avait une immense tache de sang à ses pieds, mais je me suis rendu compte en m'approchant que c'était du sang sec, que c'était pas le sien parce qu'il en avait pas sur ses habits. Il avait la chemise ouverte, débraillée, et on voyait sa poitrine rougie, comme sous des coups ou une brûlure.

Son visage s'est illuminé quand il m'a vu. Il était un peu groggy, comme drogué ou saoul, je l'avais jamais vu comme ça, lui d'habitude si irréprochable. « Elle est complètement folle ! il m'a dit. — C'est pas faute de vous avoir prévenu, inspecteur ! Il vous a fallu trois ans d'études en psychologie pour voir ça ? » Il m'a répondu « Détachez-moi, vite ! » Mais je suis sûr que ma remarque l'a fait sourire. Dans la tête, du moins.

Je sais pas où était Martine et ce qu'elle faisait, mais l'inspecteur avait l'air de vouloir ficher le camp rapidement. J'ai essayé d'enlever ses liens mais c'était beaucoup trop serré. C'était de la ficelle pour les gigots d'agneau ! Bien trop fine. Elle l'avait entouré avec des mètres et des mètres. J'allais regarder si je trouvais un outil coupant, comme des ciseaux ou des tenailles, dans un garage, il devait bien y en avoir, mais l'inspecteur a dit : « Foutez-moi les doigts au fond de la gorge. » Je crois que c'était la première fois que je l'entendais parler aussi mal. Il a ouvert la bouche en grand. « Elle m'a fait boire du Torrox. Il doit me rester dix minutes avant de m'endormir, je sens mes forces qui s'en vont. » Jamais j'aurais cru qu'on atteindrait ce niveau d'intimité, madame la procureur. J'ai mis mes doigts dans sa bouche, jusqu'au fond, enfin, je vous passe les détails, et il a vomi sur ses chaussures. Il était malade comme un chien. « Encore ! » Alors j'ai recommencé. Trois fois. Je peux même vous dire ce qu'il avait mangé et dîné. Du magret de canard avec de la purée de pommes et des pâtes à la sauce tomate, je sais pas dans quel ordre. Désolé, vous devez trouver ça un peu dégoûtant ce que je vous raconte.

« J'espère que vous êtes armé ? » il m'a demandé, et devant mon hésitation, il a ajouté : « Vous n'êtes pas armé. » J'étais sorti sans mon revolver, je savais pas que j'en aurais besoin. Enfin, il a dit ça et d'autres choses que je vais pas vous répéter. Des noms d'oiseaux, comme on dit. « Et vous ? j'ai demandé. Vous êtes pas armé ? — Elle a pris mon pistolet. »

C'est justement à ce moment-là que Martine est entrée dans le garage, une cigarette au coin des lèvres. Quand elle m'a vu, elle a poussé un cri perçant et sa clope est tombée par terre. Heureusement que le sang, c'était pas de l'essence, parce que sinon je serais plus là pour vous écrire tout ça. Et l'inspecteur non plus.

Là, faut que je vous dise, j'ai eu un peu peur. Pas que je sois très impressionnable, mais Martine, elle portait sa robe de chambre à fleurs par-dessus son survêtement. C'était horrible, madame la procureur. La robe était couverte de sang et de lambeaux de chair. J'ai tout de suite pensé à Joël. Alors elle a éclaté de rire. Bon Dieu, elle était folle !

Très respectueusement,

Le garde champêtre chef

Hôtel Au Bon Repos
Chambre 16
193, route départementale de P.
P.

Lundi 24 juillet 1961 (suite)

Madame la procureur de la République de M.,

Je ne dois mon salut qu'à l'intervention du garde champêtre chef Jean-Charles Provincio, que j'ai largement sous-estimé depuis le début de cette affaire, et pour lequel je demande une médaille ! En plus de la plaque sur laquelle son nom apparaîtra sur le monument à la mémoire de Joël.

Je reprendrai la narration des événements là où le chef l'a laissée. À savoir au moment où Martine Moinard est apparue devant nous, dans sa robe de chambre écarlate, recouverte de bouts de chair séchée. J'ai alors compris que j'avais raison. Elle la portait la nuit où elle a tué et découpé Joël en morceaux.

Mes paupières devenaient de plus en plus lourdes et il m'était presque impossible de me concentrer, malgré le fait que j'avais vomi la quasi-totalité de ce que j'avais mangé dans la journée. Une infime partie du somnifère avait déjà dû être absorbée par mon organisme et prenait effet.

Avant de m'assoupir, j'ai pu voir le chef Provincio attraper violemment Martine et la plaquer contre le mur. Alors, j'ai pensé que nous étions sauvés. Et je me suis laissé sombrer dans ce délicieux et irrésistible sommeil.

Quand je me suis réveillé, j'étais libéré de mes liens et j'étais couché dans un lit que je ne connaissais pas, sous un grand crucifix en bois d'olivier. L'état déplorable de la pièce ainsi que les aboiements des chiens m'indiquaient que je me trouvais encore dans la maison de Mlle Moinard. Un coup d'œil à ma montre m'a renseigné sur l'heure. Midi. J'entendais des voix d'hommes. Je me suis assis. Je me sentais un peu lourd, pas très en forme. Une vive douleur lançait à l'arrière de mon crâne. Je me suis regardé dans la glace de l'armoire qui était face à moi, puis j'ai regardé l'armoire elle-même. Massive, en noyer sombre. Par curiosité, je me suis levé et l'ai ouverte. Un désordre indescriptible y régnait. Les vêtements étaient littéralement jetés sur les étagères, froissés, des robes de toutes les couleurs pendaient dans de grandes housses en toile. Un livre, *L'innocent aux mains noires* d'une certaine Marie Moulin, et un chapeau dépassaient d'un sac des Galeries Lafayette.

Depuis que j'avais vu les fleurs, la scie, la robe de chambre, écouté les confessions de Martine, je connaissais la vérité, mais voir ce sac, ce fut comme une ultime révélation.

Je suis sorti de la chambre et j'ai descendu les escaliers d'un pas chancelant en me tenant à la rambarde.

Dans le salon, se trouvaient le chef Provincio et trois ou quatre gendarmes en uniforme qui fouillaient les lieux. Il avait l'air ravi de me voir et son sourire a relevé sa grosse moustache. Il m'a fait signe de m'asseoir à la table du salon, à côté de la femme menottée à la chaise, qui observait tout ce manège d'un air absent en fumant ses cigarettes. Comme si rien de tout cela ne la concernait.

Sur la toile cirée de la table, était posé un paquet de lettres d'amour semblables à celles que nous avions trouvées chez Félicien. Le verso de la médaille. Les réponses. Une des lettres était posée à côté de la pile. On pouvait y remarquer un trou en son centre. En la voyant, je fus certain que si j'y plaçais le « mot d'adieu » de Félicien, il correspondrait parfaitement : *J'ai lavé Joël.*

N'ayant plus d'enregistrement à ma disposition (Martine Moinard a cassé mon magnétophone en le jetant à terre après l'avoir arraché de ma poitrine, mais un technicien est en ce moment même en train de le réparer), je vous livre un compte rendu général de l'audition que j'ai réalisée avec elle par la suite. Certains éléments n'ont pas reçu de réponse et demeureront sans doute à jamais un mystère. Son récit est empreint de zones d'ombre qu'on doit attribuer à un manque délibéré de coopérer ou à de réelles absences ou dysfonctionnements mentaux.

Et puisque nous ne pouvons qu'être d'accord avec Platon, « Il n'est rien de plus beau ni de plus solide que la vérité », laissons-la donc s'exprimer :

Pour comprendre ce qu'il s'est passé ce dimanche 16 juillet 1961, il faut remonter à décembre 1935, le jour où une ravissante jeune femme de trente-quatre ans du nom de Martine Moinard, belle blonde, est arrivée ici en cherchant la route menant à la côte afin de passer quelques jours à la plage. La nationale est directe mais elle avait décidé de prendre les chemins de traverse pour égayer son voyage, c'est ainsi qu'elle se retrouva sur la départementale, puis à P. Elle n'est pas tombée amoureuse d'un village, comme me l'a déclaré Marguerite, cette brave femme qui posait des fleurs au cimetière, mais d'un homme, nous le savons déjà. Et elle est restée pour lui. Pour l'aimer dans le plus grand secret. Cet homme, c'était Félicien Nazarian.

Martine a tout de suite trouvé un poste à la mairie. Le maire l'a installée dans un petit logement de fonction, qu'elle quitta, ainsi que son poste, quelques semaines après seulement, de manière inexplicable. C'est à ce moment-là que Félicien Nazarian lui a proposé d'habiter dans l'annexe de sa maison, de l'autre côté de la départementale. Elle a tout de suite accepté. Et puis, on ne l'a plus vue au village pendant plusieurs mois. Elle vivait recluse et on a mis cela sur le compte d'une mystérieuse maladie (elle n'a pas voulu en dire plus à ce sujet). Elle ne sortait plus de chez elle. Nous savons maintenant qu'elle entretenait cette liaison secrète avec Félicien par le biais d'un tunnel. Ils sont devenus amants immédiatement.

Malgré la différence d'âge. Il avait quarante-sept ans, elle en avait trente-quatre. Elle cherchait un homme mûr. Il cherchait une fille jeune et jolie. C'était parfait. Il était riche, il avait des terres, de l'argent, une maison à lui prêter. Parfait, ou presque : il était marié. Ce n'est pas un hasard s'il lui a proposé, au grand dam de son épouse, cette annexe de sa propriété de l'autre côté de la route. Un vieil arbre, un bouleau, leur tiendrait lieu de boîte aux lettres, où ils se laisseraient des messages pour les années à venir. Un tunnel reliant les deux maisons leur permettait de se voir sans que personne le sache. Tout allait pour le mieux dans le meilleur des mondes.

Je me demandais au début pourquoi il n'y avait plus eu de relation épistolaire entre Félicien et sa maîtresse après le voyage à Paris. C'est simple, Mireille étant morte, ils n'en avaient plus besoin, ils pouvaient se voir quand bon leur semblait. Maintenant que je parle de Mireille, je ne peux m'empêcher de penser que ce n'est peut-être pas un hasard si elle a été foudroyée par une crise cardiaque pile pendant leur escapade. J'imagine qu'elle a dû tomber sur les lettres de Martine dans la boîte à biscuits cachée dans le four, et, même si elle n'a pas lu celle que j'ai trouvée dans l'arbre, beaucoup plus explicite, elle en a déduit qu'il était parti en week-end avec elle. Indirectement, ils l'ont peut-être bel et bien tuée. Le garde champêtre avait raison.

Dès leur retour, Félicien, bouleversé par la mort de sa femme, y voyant une certaine punition divine, a quitté Martine (je me trompais quand je pensais que c'était le contraire). Cela arrive quelquefois. Un homme découvre avec sa maîtresse qu'il aime finalement son épouse et la lui préfère, en vient à se languir d'elle, surtout lorsque les amants passent de plus en plus de temps ensemble. On s'aperçoit que ce n'est pas ce que l'on croyait, que ce n'est pas mieux, qu'une relation extraconjugale ne tient que dans la parcimonie, l'éphémère, qu'elle peut ne pas résister à un simple voyage, ce n'est qu'une impulsion, pas un parcours de vie comme peut l'être le mariage. C'est idiot, mais c'est parfois en allant voir ailleurs qu'un mari comprend qu'il aime sa femme. Ou qu'il l'aimait. Quand il est trop tard.

C'est à partir de ce moment-là que Martine a complètement changé, aussi bien moralement que physiquement. Bien décidée à rattraper le temps perdu, elle s'est teint les cheveux en noir, s'est mise à porter de grands chapeaux (sans doute achetés par Félicien durant leur voyage) et à flirter avec les jeunes gens du village. J'ai encore en mémoire un poème de Lamartine appris à l'école qui disait : « Ne soyez cruelle blondine, Et vous perfide brunette… » Elle voulait lui faire payer à sa manière. Elle en voulait à son ancien amant, tellement que sa vengeance n'en a été que plus grande et savoureuse. Pendant quinze ans, il n'avait jamais quitté sa femme, malgré les promesses : « Je lui dirai demain, chérie, je te promets, moi aussi je t'aime et je veux vivre avec toi. » Et puis voilà que le jour où Mme Nazarian meurt, Félicien la quitte ! Tant d'années gâchées à attendre un homme. Un homme qui vous a volé quinze ans de votre vie.

Martine s'est donc mise à haïr celui qu'elle avait tant aimé et lui a rendu la vie impossible. Félicien est resté avec Joël, seul, pendant que Martine sautait sur tout ce qui bougeait, se créant une réputation de femme facile, s'attirant la jalousie des autres femmes et le manque de respect des autres mâles, ceux qu'elle ne choisissait pas. Et puis, à force de jouer, elle s'est dégoûtée des hommes, des hommes en général. On ne l'a plus revue au village, ou si peu, juste pour les courses, le pain, les bricoles. Elle s'est entourée d'animaux dont elle préférait la compagnie. Ce fut sa deuxième période de réclusion, celle-ci plus compréhensible.

Mais il lui fallait de l'argent pour vivre. C'est évident que jusque-là Félicien la maintenait. Du jour au lendemain, il a fallu qu'elle fasse sans. C'est là qu'elle a commencé à travailler à l'usine Boniteau, il y a neuf ans, en 1952. C'était encore une entreprise de production de lait à cette époque, mais peu importe (cela explique que son nom n'était pas sur la liste actuelle des employés que m'a donnée le maire car elle n'y travaille plus). Elle avait cinquante et un ans, et Basile Boniteau l'a embauchée, plus par compassion que par nécessité.

On en arrive à Joël, la pièce maîtresse de sa vengeance, par laquelle elle a voulu achever Félicien. Ainsi, ce soir de dimanche, après que celui-ci était allé se coucher, Joël est venu chez Martine lui voler une pomme, c'était assez fréquent. Mais Félicien avait dû être particulièrement odieux cette après-midi-là. Il lui avait sûrement donné encore quelques coups de bâton, l'avait attaché toute la journée à son piquet, sous la pluie, sous l'orage. Et elle, curieuse comme elle était, cachée derrière ses rideaux, elle avait tout vu et avait rongé son frein, ruminé sa colère et sa vengeance.

Peu après 22 heures, quand Félicien est allé se coucher, Martine a entendu du bruit dehors. Elle ne devait pas être en train d'écouter la radio, comme elle nous l'a affirmé, car elle avait l'habitude de monter le volume, à cause des chiens, et elle n'aurait sûrement pas entendu. Elle est sortie, est tombée sur Joël. Il venait de signer son arrêt de mort. Ce serait là sa dernière nuit sur la Terre.

Pourquoi ce soir-là ? Pourquoi pas un autre ? Et pourquoi pas, après tout ? La situation n'avait que trop duré. On ne sait jamais quelle est la goutte qui fait déborder le vase. Alors elle a décidé de le tuer. Comme on achève un cheval qui s'est cassé la jambe. Nous ne pourrons retenir la préméditation, mais ce détail, changeant l'assassinat en simple meurtre, ne lui évitera pas la guillotine pour autant, car il restera toujours le démembrement, cet acte odieux.

Martine a tué Joël parce qu'elle l'aimait, névrose de tout temps, formule cent fois entendue aux assises où l'on juge des crimes passionnels. Puisqu'elle ne pouvait l'avoir pour elle, elle voulait que personne ne l'ait, et encore moins ce monstre. Elle voulait que Félicien souffre. Elle savait que Joël était le dernier rempart du vieil homme contre la solitude depuis la mort de sa femme.

Elle a attiré le garçon dans le garage par quelque stratagème et l'a drogué (sans doute à coups d'orangeade, comme elle a procédé avec moi). Une fois qu'il a été endormi, elle a enfilé des gants, des Benoît Patrix, elle a pris une scie à métaux (on ne voit que ça quand on entre dans le garage, cet établi avec cette grande scie accrochée au mur qui vous nargue, comme une invitation...) et l'a égorgé, lui sectionnant les cordes vocales afin qu'il ne crie pas et n'alerte pas Félicien, seul voisin à un kilomètre à la ronde. Tout a été si soudain, elle n'a même pas ôté sa robe de chambre.

Affolée par ce qu'elle venait de faire, Martine a dû se demander comment se débarrasser du corps, car elle ne pourrait pas le rapporter dans le jardin de Félicien, pas toute seule du moins. Elle tenait encore la scie dans sa main, elle a vu là la solution à son problème.

Le découper en morceaux pour pouvoir le transporter. Je pensais que seul un homme faible ou diminué avait pu agir de la sorte. Jamais je n'aurais imaginé qu'une femme puisse se livrer à une telle atrocité. Vous avez déjà vu une femme découper des carrés de bœuf dans une boucherie ? Moi jamais, madame. Un tel massacre me paraissait donc caractéristique du masculin. Mais on ne m'y reprendra plus.

Le découper, donc. Plus facile à dire qu'à faire. Surtout que Joël, elle l'aimait. Et puis, au-delà du dégoût, de l'horreur, il en faut de la force pour démembrer un être humain ! Qu'a-t-elle pensé lorsque, en appuyant un peu plus sur la scie, elle a décapité Joël ? que sa tête a roulé sur le sol du garage ? que les yeux de l'enfant l'ont regardée ?

J'imagine les dents affûtées de la scie se frayant un chemin dans la chair, dans ce va-et-vient terrible. Martine coupe entre les os, aux articulations, là où la chair est tendre, là où aucun obstacle ne vient freiner le rythme effréné de son outil et de son ardeur. Elle transpire, s'éponge le front avec la manche de sa robe de chambre, maculant un peu plus son visage de cette trace indélébile du crime. Il y a de l'hémoglobine, de la carne partout, des organes qui se répandent sur le sol déjà écarlate, des viscères, des muscles, du gras, ça pue, c'est un festival de charcutier. Combien de temps et d'énergie lui aura pris pareille entreprise ? A-t-elle voulu abandonner ? A-t-elle vomi ? A-t-elle pleuré ? mêlant le sel de ses larmes au goût métallique du sang ? Je ne peux qu'imaginer, Martine n'a rien voulu me dire, le regard absent, comme murée dans cette horreur dont elle ne veut plus causer et qui la sépare de notre monde, celui des vivants, celui des innocents.

Ensuite, et c'est logique, elle s'est demandé dans quoi mettre les morceaux, dans quoi les transporter, et c'est là qu'elle est tombée sur les sacs des Galeries Lafayette, de bonne taille. Il était une heure du matin. Et après ?

Elle s'est retrouvée prise au piège d'un engrenage sordide dont elle ne pouvait plus s'échapper. Il fallait que le corps disparaisse.

C'est là qu'elle a dû penser à l'usine de confiture Boniteau, qui n'est qu'à quelques kilomètres, à l'opposé de P., sur la route au milieu des montagnes, là où, à cette heure-là, elle ne risquait pas de tomber sur quelqu'un. Elle savait que le contremaître ne fermait pas la nuit, parce que, on l'a vu, elle y avait travaillé quelques années. Les prélèvements sur la Renault blanche garée dehors, que les gendarmes sont en ce moment même en train d'effectuer, démontreront que le corps a été transporté dans le coffre de ce véhicule, j'en suis persuadé.

« Pourquoi l'usine de confiture ? » ai-je demandé à Martine. Et là, elle a eu cette réponse terrible : « On mange bien du cheval. » Elle a haussé les épaules avec indifférence, le regard dans le vague.

Elle est entrée avec deux sacs, un dans chaque main. Elle s'est dirigée vers la cuve numéro 4 (pourquoi celle-là ? Et pourquoi pas ?), elle est montée sur la passerelle, a ouvert le couvercle et jeté les sacs. Puis elle est retournée à la voiture et a répété le voyage. Quatre fois. Si elle voulait faire disparaître le corps, qu'il soit mangé, pourquoi a-t-elle jeté les morceaux du corps de Joël avec les sacs ? Pourquoi ne les a-t-elle pas vidés ? Je ne me l'explique pas. Elle ne répondra pas à cette question. A-t-elle été surprise ? Est-ce une erreur ? un oubli ? Nous ne le saurons jamais. Peut-être voulait-elle que l'on retrouve des traces du sac et que, après analyse ou reconstitution de l'objet, pièce par pièce, bout par bout, on découvre que c'était des sacs des Galeries Lafayette, grande taille, du genre de ceux où l'on met des boîtes à chapeaux… Du genre de ceux que Félicien lui avait offerts. Ce serait le coup de grâce pour lui. Elle était sûre qu'il comprendrait tout de suite. Qu'il souffrirait.

Elle avait raison. Souvenez-vous quand j'ai sorti un des sacs des Galeries Lafayette devant lui, le matin de la perquisition. (*Cf.* Lettre 4, Annexe 1, bande 5 : « Le visage du vieillard se décompose. — Qu'avez-vous, monsieur Nazarian ? — Rien, rien. — Les Galeries Lafayette, cela éveille quelque chose en vous ? — Non. Mais je vois bien qu'il ment. ») Il connaissait ces sacs. Il ne les connaissait que trop. Ils lui rappelaient leur inoubliable week-end à Paris.

Elle était sûre qu'il comprendrait immédiatement, donc, mais qu'il ne dirait rien. Parce que Félicien était un homme soumis et que jamais il ne serait un héros. Il a deviné que Martine avait tué Joël. Alors, il s'est pendu. Sans l'accuser. Ultime preuve d'amour. À moins qu'il ne nous ait laissé une lettre ? Une lettre dont Martine s'est vite débarrassée pour nous laisser la sienne ? Quelle différence maintenant ? Maintenant que nous savons.

Il y a fort à parier que Martine Moinard a passé la journée de vendredi à sa fenêtre, à regarder comment nous ratissions les lieux à la recherche d'indices. Notre manège dans la maison, dans la Mercedes et dans le tracteur. Elle a dû jouir de voir cela. Il y a fort à parier également qu'elle nous a vus repartir et qu'elle est restée là, à espionner les gestes et la réaction de Félicien. Peut-être, bien plus tard, est-il sorti dans le jardin, lui a-t-il jeté un regard furieux ou triste (il venait de voir notre sac des Galeries Lafayette, il venait de comprendre que c'était elle qui avait tué Joël). Quoi qu'il en soit, elle l'a regardé prendre la vieille corde attachée au piquet et rentrer dans la maison avec.

Dans la soirée, curieuse comme elle l'est, elle a dû s'étonner de l'absence de lumière dans la maison. Elle s'y est rendue (par le tunnel ?) et elle a trouvé Félicien pendu au ventilateur de plafond. Cela ne faisait pas partie du plan, c'était encore mieux que le plan. Lui mort, on n'enquêterait plus, c'était un assassin tout désigné, elle n'avait pas manqué de l'accuser la première fois que je l'ai vue : « Je savais que ça finirait comme ça. Je savais qu'il finirait par le tuer. » Elle a dû repartir chez elle, fouiller dans ses vieilles lettres d'amour et trouver un extrait qui corresponde : « Ce matin, j'ai paressé au lit en pensant à toi, puis je me suis levé, **j'ai lavé Joël** et je suis parti labourer les champs en prévision des semailles. » Du pain bénit ! Elle a écrasé une tache d'encre sur le mot *lavé*. Nous y avons lu ce que nous voulions y lire. Le verbe *tué* en l'occurrence. Elle a déchiré le pourtour pour que l'on ne s'aperçoive pas que la phrase faisait partie d'une lettre bien plus grande qui n'avait rien à voir, puis elle est retournée chez Félicien et l'a laissée bien en évidence pour nous, sous le coin d'un cendrier en verre.

Voilà, madame, vous savez tout. Du moins, vous en savez autant que moi. Je suis exténué, je vais me reposer quelques heures.

La guillotine aura finalement sa tête à couper.

Vive la République !

Très respectueusement,

L'officier de police

Hôtel Au Bon Repos
Chambre 16
193, route départementale de P.
P.

Lundi 24 juillet 1961

Ma chère et tendre Elvire,

Quand tu liras cette lettre, je serai déjà parti. Peut-être nous serons-nous vus à l'inauguration du monument de Joël, peut-être t'aurai-je entraînée dans un coin de la place à l'abri des regards pour te voler un dernier baiser avant de prendre le train. Mais je n'y crois guère. Ne m'as-tu pas dit, lors de notre première rencontre, « Je ne vais jamais aux fêtes. Je préfère les fleurs aux gens » ? Je ne perds pas espoir que tu déroges à la règle pour moi. J'aimerais te faire changer d'avis et que, au moins pour une fois dans ta vie, tu préfères une personne, moi, à tes fleurs. Mais, d'un certain côté, tu as raison, les fleurs ne te décevront jamais…

J'aurais aimé rester un peu plus mais j'ai résolu cet affreux meurtre, et d'autres, peut-être pires encore, m'attendent à M. Tu vois un peu quelle est ma vie, mon Elvire… De l'horreur, du sang, des gens mauvais, et quelquefois, une belle rencontre, comme la nôtre…

Je pars avec le goût de tes baisers sur mes lèvres, la trace de tes mains sur mon corps, cette délicieuse chaleur entre mes jambes. J'emporte ce souvenir avec moi, je le mets dans un petit tiroir dans ma tête. Un tiroir que j'ouvrirai souvent.

J'ai fait un rêve les yeux ouverts, que nous faisions l'amour dans les hautes herbes rouges de La Souterrane. Quel nid d'amour ce serait là ! Un nid de velours rouge, lit de plumes, écrin écarlate dans lequel ton corps dessinerait des cerceaux de feu blanc.

J'ignore ce que tu penses de moi, je t'ai suspectée, j'ai abîmé tes fleurs bleues, des *Agathea*, si ma mémoire ne me trahit pas, et tu as toutes les raisons de m'en vouloir, même si hier après-midi cela n'en avait pas l'air… Oui, j'ignore ce que tu penses de moi, et peut-être suis-je trop audacieux, trop enflammé, trop jeune pour toi, mais j'aimerais te revoir, douce Elvire. Partir en sachant que je te reverrai rendrait plus légère ma peine. Mais peut-être suis-je trop audacieux, peut-être que nos baisers d'hier ne signifient rien d'autre pour toi que des baisers sans lendemain. C'est ton droit. Sache juste que si tu veux un lendemain, je serai là. Il ne tient qu'à toi de donner suite à notre histoire.

Je t'attendrai tous les jours de la semaine prochaine à 17 heures devant la préfecture de police de M. Si tu viens, je t'emmènerai au coin de la rue Condorcet, à deux pas du tribunal. Ils y préparent, selon une procureur que j'ai appris à bien connaître ces temps-ci, des *prawn-cocktails*, un nouveau plat venu du Royaume-Uni : des crevettes servies dans un verre à pied avec de la sauce aux endives.

Si tu ne viens pas, je comprendrai et je ne chercherai plus jamais à te voir. Tu n'entendras plus jamais parler de moi. Et jamais tu ne sauras ce qu'est un *prawn-cocktail*... ce qui est peut-être le plus dommage...

Voilà, il est temps que je me repose un peu avant de remballer mes affaires. Cette dernière nuit à P. m'a épuisé. Peut-être te raconterai-je un jour tout ce qu'il m'est arrivé et comment j'ai été à deux doigts de ne jamais t'écrire cette lettre.

Avant de quitter l'hôtel, je la laisserai à Raymond, le gérant, afin qu'il te la remette.

Tu me manques déjà,

Tien.

Michel

TROISIÈME PARTIE

LA VÉRITÉ SUR JOËL

Lundi après-midi

Mairie de P.
1, place de la Mairie
P.

Lundi 24 juillet 1961

Madame la procureur de la République de M.,

Je suis Basile Boniteau. Souvenez-vous, le maire de P.

Tout d'abord, je souhaite vous remercier d'avoir répondu positivement à ma demande et d'avoir envoyé, dans les plus brefs délais, un agent à P., qui plus est celui que je vous avais expressément requis, le jeune et brillant officier, car on ne dit plus inspecteur et c'est bien dommage. Merci mille fois pour cela, vous ne pouvez imaginer ce que cela représente pour moi. Ironie de la vie, ces remerciements vous parviendront aujourd'hui, alors même que votre homme repart de P.

La tâche n'était pas évidente mais il l'a accomplie. Et brillamment, comme on pouvait s'y attendre. Vous devez sans doute déjà être au courant qu'il a élucidé, en compagnie de mon meilleur fonctionnaire, Jean-Charles Provincio (qui a joué un rôle décisif dans cette affaire et que je compte bien nommer policier municipal avant que le statut de garde champêtre ne disparaisse complètement), l'enquête que vous lui aviez confiée, que *nous* lui avions, d'une certaine manière, tous les deux confiée.

J'imagine qu'à l'heure qu'il est l'officier de police vous a tout raconté à propos de Joël. Je sais qu'il vous a envoyé de nombreuses lettres. Je suis vraiment désolé. J'espère que vous n'êtes pas furieuse contre moi et que vous prendrez tout cela avec le sourire. Soyons honnêtes, si je vous avais dit qui était Joël, auriez-vous envoyé un policier ? Soyez franche… Pourtant, Joël avait droit lui aussi à ce que l'on fasse toute la lumière sur ce drame, que l'on trouve un coupable et qu'il prenne ses responsabilités. Ce que vous ferez de Martine Moinard, je le laisse à votre discrétion, à celle de la justice française, cela ne me regarde plus. Quant à moi, plus que de vous avoir menti, c'est d'un mensonge par omission que je me suis rendu coupable. Seul, je tiens à le souligner. Personne dans le village n'était au courant de ce que j'avais pu vous dire ou pas.

J'en appelle à votre indulgence. Je vous le répète, j'avais si peur que vous ignoriez ma supplique et l'archiviez avec dédain dans un de vos gros classeurs. Il faut me comprendre, les affaires de la campagne n'intéressent que très rarement les gens de la grande ville et du pouvoir, mais entendez aussi que je me dois, en tant qu'élu local, de répondre aux attentes de mes électeurs, les habitants de P., un village qui existe, qui a son nom et sa place sur la carte de France et dont on ne peut passer les maux sous silence.

Sans compter que P., vous en entendrez bientôt parler. Et en bien, cette fois-ci ! Je suis en effet l'heureux propriétaire de l'usine de production et de mise en pots des confitures Boniteau. Retenez ce nom lorsque, dans quelques années, vous irez faire vos courses dans votre supermarché (car il y en aura sûrement un à M. d'ici là) et que vous le verrez sur une étiquette. Achetez les yeux fermés, la qualité de mes fruits est mon unique souci, madame, soyez-en sûre.

Retenez ce slogan : « Confitures Boniteau, le petit déjeuner qu'il vous faut ! »

Très respectueusement,

Le maire de P.

Hôtel Au Bon Repos
Chambre 16
193, route départementale de P.
P.

Lundi 24 juillet 1961

Madame la procureur de la République de M.,

IL FAUT RELÂCHER MARTINE MOINARD !

Oh, madame, ce qu'il vient d'arriver est horrible !

Oh, mon Dieu, qu'ai-je fait ?

J'imagine votre surprise en lisant ces lignes, je vais me calmer, souffler un peu et vous expliquer, en m'employant à être le plus clair possible.

Je suis dans ma chambre en train de préparer mes affaires pour partir, mais quand vous lirez ces quelques lignes, je serai dans le train du retour. Même si je ne sais pas si vous la recevrez avec la rapidité que nécessite pareille requête, je vous aurai envoyé cette lettre avec la plus grande célérité (sans doute voyagera-t-elle dans le même train que moi, ce qui est assez ironique).

Alors voilà, vous savez ce que j'étais en train de me dire ? Que ce serait bien de voir le dénouement d'une affaire criminelle dans le marc de café. Je connaissais un commissaire qui voyait le futur dans son gyrophare. Avant de partir sur une découverte de cadavre, il prenait quelques secondes pour regarder la petite lumière orangée, puis il disait : « Allons-y, les gars ! » Ou au contraire : « C'est une affaire de misère qui nous attend, restons donc au bureau, un autre s'en chargera bien à notre place. » Et vous me croirez ou non, il se trompait très rarement.

J'aurais aimé avoir ce don. Cela m'aurait permis de ne jamais venir à P. Lors de notre première conversation téléphonique, alors que vous m'auriez expliqué qu'un « horrible meurtre d'une violence inouïe » avait été perpétré dans un minuscule village au milieu des montagnes, je vous aurais dit : « Madame la procureur, sauf votre respect, restons-en là, cette affaire ne mérite pas que l'on y dépêche un officier de police de la grande ville. » Je vous aurais expliqué pourquoi, vous en auriez ri et on n'en aurait plus jamais parlé. Ou peut-être devant un bon café ou un *prawn-cocktail.* Je n'aurais jamais vu de mes propres yeux des hautes herbes rouges, mais la vie est emplie de regrets et de choses que l'on manque. Au lieu de ça, j'ai bondi dans le premier train et… la suite, vous la connaissez.

Martine Moinard vient de quitter P. escortée par quatre gendarmes de S., que le garde champêtre a réquisitionnés (c'est une des prérogatives liées à sa fonction). Elle sera à M. dans deux heures, vous l'entendrez et puis, après un rapide jugement dans les jours à venir, puisqu'elle a tout avoué et se déclare coupable, elle demeurera en prison dans l'attente d'être guillotinée.

Sur vos instructions, je suis arrivé, après enquête, à la conclusion que Mlle Martine Moinard avait bel et bien commis le meurtre de Joël, comme établi par mes précédentes lettres et non moins nombreuses Annexes. Conclusion confirmée par les aveux de ladite Martine Moinard, chez elle puis à la caserne de la Brigade verte de P., ce lundi 24 juillet 1961, devant le chef Jean-Charles Provincio, qui pourra en témoigner sur demande et par procès-verbal, ainsi que par les traces de sang retrouvées en abondance dans son garage et dans le coffre de sa voiture. Oui, Mlle Moinard a bien tué Joël, elle l'a démembré puis abandonné dans le chaudron à cuisson d'une usine de production de confiture, rien ne vient discuter cela, cependant, elle n'est pas condamnable.

Pourquoi ? Car il n'y a pas eu meurtre sur la personne de Joël, madame la procureur, tel que l'entend notre code pénal. Vous n'êtes pas sans savoir que « le fait de donner volontairement la mort à autrui constitue un meurtre ». Or cette définition ne correspond pas à notre cas. Joël n'est pas « autrui »... Mlle Moinard n'a donc commis aucune infraction aux yeux de la loi, bien que ce qu'elle ait fait soit immoral et qu'elle soit inexcusable.

Je vous vois froncer les sourcils, j'imagine que vous vous dites que cette odeur infernale de purin qui flottait sur le village il y a quelques jours m'est montée au cerveau et que je suis devenu fou. Ou que je suis devenu l'un des leurs, qu'ils ont fini par me convaincre. Que ce qui a été fait à Joël est normal, naturel à la campagne. Il n'en est rien, madame. Je ne suis pas l'un des leurs. Mais je les ai compris. Aujourd'hui.

Non, je ne suis pas devenu fou, à moins que ma folie n'ait été de ne pas avoir vu les signes lorsqu'ils se présentaient à moi, oui, ma seule folie a été de m'entêter à voir Joël comme ce garçon de seize ans solitaire et sauvage que tout le monde aimait à P.

Tout cela ressemble à une énorme farce, et j'aimerais que cela en soit une, mais malheureusement, il n'en est rien. Je n'ai pas été l'objet de la tromperie des habitants de P., du moins, je ne pense pas. Disons donc que j'ai juste été victime d'une incompréhension totale. Tout en parlant la même langue, nous ne parlions pas le même langage, eux et moi, Provincio, Nazarian, Puget, Chaix, Moinard et les autres. Ils ont dû me trouver bizarre, oui, je le conçois. Et je comprends maintenant cette phrase du curé à mon égard : « La rumeur courait que vous posiez de drôles de questions sur Joël, j'en ai maintenant confirmation, c'est tout à fait délicieux. »

Seul le maire nous a mystifiés, ne nous éclairant, ni vous ni moi, à aucun moment, sur la vraie nature de Joël. Pour lui, c'était la seule manière de m'attirer ici, je présume. Et de satisfaire sa curiosité quant à l'identité du tueur.

J'imagine que vous vous demandez où je veux en venir. J'y viens.

Un nouvel événement vient de se produire durant l'inauguration du monument, jetant sur cette affaire une tout autre lumière.

J'ai appris qui était Joël.

Et lorsque, à votre tour, vous le saurez, vous n'aurez qu'une seule hâte, vous précipiter sur ma première lettre, sur la première transcription de mes enregistrements, si précis, et relire. Tout, depuis le début. Je l'ai fait et, je vous l'assure, c'est saisissant.

Je vous joins à cet effct, dans l'Annexe 1, la dernière transcription de la dernière bande enregistrée à P. durant l'inauguration du monument en l'honneur de Joël, quelques heures avant mon départ (le technicien a réussi à réparer mon magnétophone).

Très respectueusement,

L'officier de police

PS : Le garde champêtre vient de faire irruption dans ma chambre pour m'accompagner à la gare et me prévient que le téléphone est maintenant rétabli ! Je vais vous appeler de ce pas. C'est stupide d'avoir écrit cette lettre. Disons qu'elle m'aura au moins servi à mettre en place mes mots, mon raisonnement, et qu'il n'en sera que plus facile maintenant de vous parler et de vo…

Annexe 1 de la lettre 9
Transcription commentée de la bande 9

Dernière conversation avec le garde champêtre

En attendant le début de l'inauguration de la statue de Joël, recouverte d'une couverture de velours rouge et trônant majestueusement au milieu de la place, Provincio et moi sommes assis à la terrasse d'un bar, *du* bar, juste en face. Il fait chaud, comme toujours.

— Au fait, Rose Rivières est née.

— Celle qui s'appelle comme sa grand-mère ?

Il acquiesce de la tête.

— Elle est née avec une seule main. Une déformation génétique.

Puis il boit une gorgée de sa bière. Il repose sa chope sur la table.

— Tenez, inspecteur, un petit souvenir.

Il prend ma main, paume en l'air, comme s'il allait en lire les lignes à la manière de ces diseuses de bonne aventure, déboutonne l'épaulette droite de sa vareuse et la pose dedans. Je regarde l'épi de blé et la fleur en fil argenté qui ornent le grade en feutre vert.

— Vous voilà agent à part entière de la police des fleurs, des arbres et des forêts. Le plus jeune ! Gardez-la en souvenir, j'en aurai plus besoin. Le maire vient de me nommer policier municipal. Il m'a même trouvé un adjoint.

— C'est merveilleux ! Je... je ne sais pas quoi dire, dis-je tout de même en caressant l'épaulette. Si ce n'est que ce village me manquera. Son rythme, ses paysages, vous.

— Et Elvire aussi ?

— Elvire ?

— Oh, j'ai bien vu, y a pas que vous qui êtes perspicace ! Mais vous inquiétez pas, je dirai rien... Vous nous manquerez aussi, inspecteur. On pourrait peut-être se tutoyer maintenant et s'appeler par notre prénom ? Tu ne penses pas, Michel ? Après tout, je pourrais être ton père...

Il sourit.

J'acquiesce de la tête.

— Je n'ai jamais connu mes parents biologiques, et je doute de les connaître un jour.

— T'as pas la curiosité de le savoir ?

— Disons que je considérerais cela comme un manque de respect vis-à-vis de ceux que j'appelle papa et maman, qui m'aiment et qui m'ont toujours tout donné comme ils l'auraient fait pour leur propre fils de sang. Pour l'instant, disons que je suis heureux sans savoir. Je n'éprouve pas le besoin de savoir. Vous me trouvez mulâtre ? Martine Moinard pensait que j'étais mulâtre. Il se pourrait bien que j'aie du sang noir après tout.

— Et ça changerait quoi ?

— Rien, j'imagine.

Il dodeline de la tête, satisfait de mon argumentation.

— Vous… tu as quel âge, Jean-Charles ? je demande. Quarante ?

— Quarante-trois.

— Eh bien, pour que tu sois mon père, tu aurais dû m'avoir à… dix-huit alors. Un peu jeune, non ?

Il éclate de rire.

— À dix-huit ans, j'avais d'autres priorités que les filles. J'ai connu Angélique bien plus tard. Mais j'aurais adoré être ton père, j'aurais été fier de toi. Un si brillant détective. Tu as un grand avenir dans la police, je peux te le prédire.

— C'est gentil mais je ne suis pas si brillant que ça. J'en veux pour preuve qu'il y a un mystère que je n'ai toujours pas résolu, et cela me chagrinerait de repartir sans l'avoir élucidé.

Le garde champêtre fronce les sourcils.

— J'ai essayé de le savoir par des manœuvres détournées plus ou moins habiles, mais je te le demande maintenant directement : qui est le ou la *W* brodé sur ton mouchoir, si ce n'est pas ta défunte épouse, ton père ou ta mère ?

— Un *W* ? Tu as dû le voir à l'envers, c'est un *M* !

Il sort son mouchoir de sa poche et me le met sous le nez. C'est effectivement un *M*. Comment ai-je pu être aussi distrait ?

— Un *M* ? je répète, stupéfait. Ne me dis pas que c'est…

— Si.

— Martine ?

Il acquiesce.

— Mais si tu l'avais connue à la bonne époque, ça ne t'étonnerait pas. Elle était si belle. Aussi belle que ton Elvire. J'étais amoureux, comme tous, d'ailleurs. Un jour, à la fête du village, la première, en 1945, on fêtait la fin de la guerre, on a un peu plus bu que d'habitude…

Je repense aussitôt à la photo. Je revois le regard noir que jette Martine Moinard aux deux amoureux qui sont devant elle.

— On s'est retrouvés elle et moi dans un coin, loin de tous. Je sais plus comment c'est arrivé. À l'époque, c'était pas la fille qu'elle est devenue par la suite, à courir les hommes. Non, elle avait quarante-quatre ans, on lui connaissait pas de fiancé (maintenant, je sais que c'est parce qu'elle était avec le Félicien). Je lui ai déclaré ma flamme. J'étais saoul. J'aurais jamais fait ça sinon. Elle m'a repoussé, gentiment, mais ça m'a foutu en l'air. J'ai pleuré. Devant elle. J'en ai encore honte aujourd'hui. Elle a sorti son mouchoir et m'a essuyé les joues avec délicatesse. Cette délicatesse, je l'oublierai jamais. Surtout quand je la vois maintenant, comme cette nuit. Quelle horreur ! Elle m'a laissé son mouchoir en souvenir. Je m'en suis plus jamais séparé, même quand j'ai rencontré ma femme, Angélique. Mais il est peut-être temps de lui dire adieu.

Il me met le mouchoir en tissu dans la main.

— *M* pour Michel, c'est plus logique que c'est toi qui l'aies maintenant.

— Je ne peux pas accepter.

— Si, tu peux.

— C'est une jolie histoire, Jean-Charles. Et il ne faut pas avoir honte de pleurer devant une jolie dame. Moi même, cela m'est arrivé lorsque…

Je suis interrompu par un roulement de tambour.

Des gens apparaissent aussitôt et la place se remplit en quelques secondes, comme par magie.

Le maire, accompagné d'administrés divers, se fraye un chemin pour venir nous rejoindre, nous invite à nous lever et à le suivre jusqu'au monument. Il s'éclaircit la gorge, se place entre nous deux et commence à parler d'une voix claire et intelligible, en formidable orateur :

— Joël sera toujours dans le cœur des habitants de P., dans le cœur de l'inspecteur de police de la grande ville aussi. À qui l'on doit, avec l'assistance du chef Jean-Charles Provincio, d'avoir retrouvé le meurtrier, enfin, la meurtrière, qui devra maintenant répondre devant la justice des hommes de l'horrible… de l'abominable crime qu'elle a perpétré dans notre charmant village. J'espère que cela ne souillera pas notre réputation. Je me battrai pour qu'il en soit ainsi.

(Tu m'étonnes, ses confitures sont en jeu !)

Autour de nous, il y a bien deux cents personnes. Des gens que je connais et d'autres que je n'ai jamais vus. Le maire tire alors sur un rideau et dévoile une plaque dorée sur laquelle sont écrits mon nom et celui du chef. Celui-ci ne peut pas être plus fier. Moi aussi, d'une certaine manière. Une salve d'applaudissements retentit autour de nous.

— Et maintenant, place à Joël ! Cette statue en pierre, fabriquée par l'Office de travail de sculpture de Q., en partenariat avec les confitures Boniteau (un peu de publicité au passage ne fait jamais de mal), le rendra éternel. Même s'il l'était déjà pour nous…

Ému, il tire sur une grosse corde tressée de fils dorés et la couverture de velours vient avec. La statue apparaît alors, juste devant le soleil, et je suis aveuglé quelques secondes.

Une nouvelle salve d'applaudissements accompagne la révérence de l'élu local, qui regarde avec orgueil son petit protégé.

Je mets ma main en visière pour ne plus être ébloui.

Joël apparaît alors pour la première fois devant moi.

Et le choc me fait l'effet d'une décharge électrique de dix mille volts qui me foudroie sur place.

Tribunal de grande instance de M.
1, rue Condorcet
M.

Lundi 24 juillet 1961

Monsieur l'officier de police,

Quelle surprise ce matin en arrivant au travail de trouver sur mon bureau les résultats des analyses que j'avais demandées. Quand j'ai reçu votre sac des Galeries Lafayette, joint à votre lettre du jeudi 20 juillet, afin de procéder à une datation de celui-ci, j'en ai profité pour demander une analyse du sang dont il était couvert. Vous n'êtes pas sans savoir que nous avons maintenant à la grande ville des moyens très performants et je pensais que cette analyse nous apporterait peut-être un élément nouveau. J'ignorais encore que vous élucideriez ce meurtre si éloquemment.

Bref, il y a un élément nouveau, de taille, sans mauvais jeu de mots.

Loin de moi l'envie de vous noyer dans le jargon médical, mais ils ont procédé à un test d'agglutination des hématies, des expériences avec des antigènes et tout ça, que je ne comprends guère moi-même.

En résumé, le sang de Joël que l'on retrouve sur l'ensemble du sac en papier n'est pas humain mais animal. Qu'est-ce que tout cela veut dire, officier ?

La procureur de la République

Hôtel Au Bon Repos
Chambre 16
193, route départementale de P.
P.

Lundi 24 juillet 1961 (suite et fin)

Madame la procureur de la République de M.,

De Joël, ce sont d'abord les jambes que je vois, courtes, très courtes. Dans la pierre ont été taillées de fines vaguelettes frisées qui forment de petits tourbillons censés représenter les bouclettes. Car les jambes de Joël sont extrêmement poilues. Et au nombre de quatre. Elles se terminent en de gros sabots reposant sur un parterre d'herbe luisant au soleil. Son corps longiligne, sa queue qui fouette l'air comme chassant des mouches imaginaires, le museau blanc, les lèvres retroussées découvrant des dents proéminentes et puis enfin, ses grandes oreilles qui pointent vers le ciel…

Joël était un âne, madame la procureur, pas un enfant, pas un garçon, pas un être humain, non, un âne !

Et en une seconde, alors que je regarde le monument, ébahi, le cœur battant à cent à l'heure, absent de la fête, étranger à ce qu'il se passe autour de moi, des bribes de conversations reviennent à mon esprit dans une cacophonie infernale. Alors tout prend sens, comme un puzzle que l'on a assemblé sans modèle et dans lequel on emboîte la dernière pièce, faisant apparaître le résultat inattendu sous nos yeux.

« Votre docteur Bonnin a-t-il déjà réalisé une autopsie criminelle ? — C'est le vétérinaire. » / « — Joël comment ? — Joël. Juste Joël. — Pas de nom de famille ? — On voit vraiment que vous venez d'la ville, inspecteur ! » / « — Il ressemblait à quoi, Joël, au juste ? — Plutôt court sur pattes. Brun. Les grandes oreilles, ça compte ? » / « — Une sacrée crinière, hein ? s'exclame le médecin. » / « — J'ai retrouvé dans son estomac des traces de Torrox, un puissant somnifère pour animaux. » / « — Joël ne mettait pas de chaussures ? — Des chaussures ? On voit que vous venez de la ville. Il avait des sabots, inspecteur. On appelle ça des sabots. » / « — Ses parents, c'était Martin et Lydie. — Nom de famille ? – Pour quoi faire un nom de famille ? Juste Martin et Lydie. » / « — Quand il venait, j'enfermais les chats dans la maison parce qu'ils ne supportaient pas sa présence. Ils feulaient comme des panthères. » / « — Bon Dieu, ce n'était qu'un enfant ! — C'était pas un enfant, inspecteur ! » / « J'aimais sa compagnie, ça me changeait des hommes. » / « Chaque année, pour Noël, je prenais Joël pour jouer dans la crèche vivante. Félicien était d'accord. Je le couchais dans la paille avec les autres personnages. » / « J'ignore ce qu'a voulu me dire mon inconscient. Qui est cette Anne ? » / « — Connaissez-vous une certaine Anne ? — Anne ? Désolé, cela ne me dit rien. » / « — Vous n'attachiez pas Joël à ce piquet, monsieur Nazarian ? — Vous êtes de la police ou de la SPA ? » / « — Vous ne connaissiez pas l'animal, inspecteur ! Joël était gentil mais il n'écoutait rien, une vraie mule quoi ! » / « À ma grande surprise, aucun Joël n'est recensé dans le registre d'état-civil du 18 mai 1945. Ni les jours d'avant, ni d'après. » / « — Pourquoi l'usine ? — On mange bien du cheval. » / « — Est-ce que Joël allait à l'école ? — À l'école ? C'était un âne, inspecteur ! »

Et tant d'autres avertissements à côté desquels je suis passé.

De mes doigts tremblants, je fouille la poche de ma veste et en sors la photo que je n'ai jamais rendue à Félicien. Mon regard passe de ce jeune garçon, que j'ai pris pour Joël et qui n'est qu'un enfant quelconque du village, au petit âne brun au museau blanc sur lequel il est monté. Dans la bouche de l'animal, les *Gaillardia clemens* que cultivait pour lui Martine Moinard, les gaillardes que nous avons cherchées partout, que j'avais sous les yeux depuis le début, mais dont l'impression en noir et blanc me dissimulait les couleurs uniques.

Je fixe le cliché, bouche bée, ne sachant si je dois en rire ou en pleurer…

Très respectueusement,

L'officier de police

REMERCIEMENTS

Je remercie Luc Feugères et Marc Voltenauer sans qui je n'aurais jamais écrit ce roman. Je remercie mon collègue et ami Sébastien Bosca, capitaine de police, pour son aide inestimable. Nathalie Nicolas, pour sa lecture toujours attentive, enthousiaste et sincère. Marie Puértolas, pour être la plus belle et la meilleure des mamans. Jean-Charles Provincio, Muriel Granier, Benoît Patrix, Éric Clément, Luc Bonnin, Maud Nazarian, Nathalie Fernandez (Adan), Jean-Baptiste Jacquemart, Sylvie Lacoque, Benjamin Amato, Sébastien Moinard et Basile Boniteau pour m'avoir permis, ou pas, de leur emprunter leur nom et d'en habiller les personnages de cette histoire, qui ne les représentent en aucune façon. Patricia pour m'avoir emmené visiter le joli village de Puértolas (P.) d'où je viens certainement, pour son amour indéfectible et ses mots encourageants sur ce roman. Mes grands-mères Rose Puget et Antoinette Hug et ces fabuleuses vacances que je passais avec elles et mes grands-pères, Michel et Paul, « à la campagne », et dont plusieurs anecdotes de ce livre sont issues. Merci aux lecteurs qui me suivent depuis *Le Fakir*, avec en tête Priscillia. Et puis… merci à vous qui lisez cette phrase, car que ferais-je sans vous ? Vous êtes ma raison d'écrire.

DU MÊME AUTEUR :

L'extraordinaire voyage du fakir qui était resté coincé dans une armoire Ikea, Le Dilettante, 2013. Le Livre de Poche, 2015.

La petite fille qui avait avalé un nuage grand comme la Tour Eiffel, Le Dilettante, 2015. Le Livre de Poche, 2016.

Re-vive l'Empereur !, Le Dilettante, 2015. Le Livre de Poche, 2017.

Tout un été sans Facebook, Le Dilettante, 2017. Le Livre de Poche, 2019.

Les Nouvelles Aventures du Fakir au pays d'Ikea, Le Dilettante, 2018.

Un détective très très très spécial, La Joie de lire, 2017. Le Livre de Poche jeunesse, 2019.

PAPIER À BASE DE
FIBRES CERTIFIÉES

Le Livre de Poche s'engage pour
l'environnement en réduisant
l'empreinte carbone de ses livres.
Celle de cet exemplaire est de :
350 g éq. CO_2
Rendez-vous sur
www.livredepoche-durable.fr

Composition réalisée par PCA

Achevé d'imprimer en avril 2020, en France par
Maury Imprimeur – 45330 Malesherbes
N° d'imprimeur : 245374
Dépôt légal 1re publication : juin 2020
LIBRAIRIE GÉNÉRALE FRANÇAISE
21, rue du Montparnasse – 75298 Paris Cedex 06

48/3082/1